Christel K. Haas
Eine Kuh kommt selten allein
Brillante Reisegeschichten

Christel K. Haas

Eine Kuh kommt selten allein

Brillante Reisegeschichten

Bibliografische Information der
Deutschen Nationalbibliothek
Die Deutsche Nationalbibliothek verzeichnet diese
Publikation in der Deutschen Nationalbibliografie;
Detaillierte bibliografische Daten sind im Internet über
www.dnb.de abrufbar

Fotos: privat
außer Seite 101 Matterhorn: Alex Issel

Layout und Satz:
DigiBuchService, Hannover
www.digibuchservice.de

Herstellung und Verlag:
BoD – Books on Demand, Norderstedt
www.bod.de

ISBN 978-3-7448-9920-8

Für Christine, Dominik und William

Reiseverlauf

Wie die Hasen

Die Überfahrt mit der Fähre habe ich überlebt.

Der neue Hafen liegt fast eine Autostunde von der Stadt entfernt. Bei der Annäherung an Tanger bleibt mir der Mund offen stehen. Schicke Hotels, gepflegte Häuser, die Strandpromenade mit Bänken, dekorativen Lampen, Kinderspielplätzen und Verkaufsständen. Das sah hier bei meinem letzten Aufenthalt vor 30 Jahren aber ganz anders aus.

In der Innenstadt herrscht Feierabendbetrieb. Menschenmassen wälzen sich über die Bürgersteige, Unmengen von Autos durch die Straßen. Mühsam bahnt sich unser Bus den Weg zum Hotel. Diese lebendige Stadt muss ich mir anschauen. Da nur noch etwas über eine Stunde Zeit bis zum Abendessen bleibt, marschiere ich sofort los.

An der nächsten Kreuzung endet mein Tatendrang. Eine Ampel existiert nicht, die aber auch wenig genützt hätte, da man diese in Marokko weitgehend ignoriert.

Wie komme ich jetzt weiter? Ein munter schwatzendes Grüppchen Frauen nähert sich. Ich werde mich ihnen anschließen, pirsche mich dicht hinter die Damen, schon sind sie einzeln – wie die Hasen Haken schlagend – durch die Blechkarawane verschwunden, und ich stehe immer noch am Fahrbahnrand. Hier komme ich nicht weiter.

Ich kann ja eine andere Richtung einschlagen. Aber vorsichtig! Es ist dunkel. Die Straßen sind breit und gut ausgebaut, nur bei den Bürgersteigen hapert es. Entweder sind sie gar nicht befestigt oder verlaufen bei Ausfahrten auf und ab, führen bei steilen Anstiegen über zwei oder drei Stufen oder haben Aussparungen mit hohen Begrenzungssteinen, in die sicher einmal Bäume gepflanzt werden sollen, die momentan noch mit Müll gefüllt sind. Am Straßenrand stehen Händler mit Bauchläden, verkaufen Bonbons und Zigaretten – einzeln. An einer Bushaltestelle warten so viele Fahrgäste, dass ich in ein unbebautes

Grundstück ausweichen muss, dabei über Bauschutt und Unrat stolpere.

Bald erreiche ich das nächste ›Hindernis‹, einen Kreisel, von dem sternförmig Straßen abzweigen. Gegenüber entdecke ich eine malerische Moschee. Um sie näher zu betrachten, muss ich drei Fahrbahnen überqueren. Immer wieder versuche ich, Anschluss an Passanten zu halten, aber sie entwischen mir jeweils ratzfatz durch die zügig fahrenden Autokolonnen. Eigentlich sieht die Moschee von meinem Standort doch auch sehr gut aus.

Nach fünfunddreißig Minuten bin ich wieder am Hotel. Das mit der Straßenüberquerung muss ich noch üben.

Trickreich

Meine Eltern wollten nach Griechenland, ich zur gleichen Zeit nach Südafrika. Da meine Reise kurzfristig abgesagt wurde, riefen wir den Ausrichter der Peloponnes-Rundfahrt an, und es gab für mich noch einen Platz in einem halben Doppelzimmer.

Frau Kurz war sehr lieb und nett, wie eine Mutter zu mir, alles funktionierte prima – bis auf ihr Schnarchen. Kaum berührte ihr Kopf das Kissen, begann sie, ganze Waldgebiete abzuholzen. Ich flüsterte. Ich räusperte mich. Ich sprach sie laut an. Ich pfiff. Ich klatschte sogar in die Hände. Sie sägte unbeirrt weiter. Ich hustete – und siehe da, sie drehte sich brummelnd auf die Seite, und es war zumindest so lange ruhig, bis ich eingeschlafen war. Dann kann ein Unwetter hereinbrechen, mich stört es nicht.

Der Husten-Trick funktionierte jeden Abend.

Als wir am fünften Morgen der Reise zum Frühstück gingen, sah ich meine Eltern an einem Tisch und schlug Frau Kurz vor, uns dazuzusetzen. Sie staunte, dass ich die Herrschaften duzte, war von einer zufälligen Namensgleichheit ausgegangen, denn ich war meist eigene Wege gegangen, hatte mich zwar mit den Eltern unterhalten, aber ebenso mit anderen Mitreisenden.

Frau Kurz freute sich, die beiden näher kennenzulernen. Sie unterhielten sich angeregt. Ich ging etwas früher ins Zimmer, musste noch die letzten Sachen im Koffer verstauen. Bevor sich Frau Kurz vom Tisch erhob, wandte sie sich an meine Mutter: »Sie haben so eine nette Tochter. – Aber sagen Sie ihr doch bitte, dass sie unbedingt etwas gegen ihren schlimmen Husten tun muss.«

Die Dame hinter mir

Frau H., die Dame in der Sitzreihe hinter mir im Bus, spricht mit sich selbst. Daran musste ich mich erst gewöhnen. Aber es ist auch praktisch, so weiß ich immer, was sie vorhat und was sie über eine Sehenswürdigkeit oder einen Sachverhalt denkt. Zudem wiederholt sie mehrfach die vom Reiseleiter bekannt gegebenen Zeiten für das Abendessen, Frühstück, Kofferladen und die Abfahrt, die sich mir dadurch auch besser einprägen.

Frau H. ist flink, aufgeschlossen und trinkt gerne ein Weinchen – zum Mittagessen, zum Kaffee, am Nachmittag ... Im Hotel ist sie immer die Erste in der Bar.

Vor drei Jahren stürzte sie an den Plitvicer Seen, ein tobendes Kind war ihr in die Kniekehle geschlittert. Der konsultierte Arzt in einer kroatischen Klinik konnte nichts feststellen. Sie reiste mit unsäglichen Schmerzen mit dem Bus zurück nach Deutschland, wo ein Haarriss im Becken diagnostiziert wurde, der ihr einige Monate Krankenhausaufenthalt bescherte.

Schon mutig, diese Marokko-Rundfahrt zu unternehmen. In den Altstädten muss man ständig darauf achten, in welches

Loch man treten, über welchen Mauervorsprung, Balken oder Stein man stolpern könnte.

Ihre nächsten Reisen sind bereits gebucht: Weihnachten in Leipzig, Silvester am Gardasee, im Frühjahr eine Süditalien-Rundreise. Bewundernswert.

Oh, ich vergaß zu erwähnen: Frau H. ist 91 Jahre alt.

Fünf Sterne mit Schießscharte

Schon am Vortag hatte uns der Reiseleiter vorgeschwärmt, in welch tolles Hotel wir heute kommen würden, das beste auf der ganzen Reise. Nicht unbegründet, wie sich herausstellte. Das Zalagh Parc Palace Hotel in Fès ist ein hufeisenförmiger Bau, alle Zimmer mit Balkons, die sich wie Säulengänge ums Haus ziehen. Von ihnen bietet sich der Blick in den grünen Innenhof, angelegt mit unzähligen Grünpflanzen, Hecken und Palmen um einen Brunnen, dessen Wasser sich in kleinen Bächen ergießt. Dazu ein Pool und eine Wasserfläche, auf die man vom Restaurant aus schauen kann. Eine wunderschöne Anlage.

Hatte ich gerade *alle* Zimmer geschrieben? Das ist nicht ganz richtig. Alle Doppelzimmer muss es heißen. Ich hatte aber ein Einzelzimmer.

Einer der zahlreichen Hotelbediensteten nimmt mein Gepäck. Alle bewegen sich nach rechts zu den Aufzügen. Nein, nicht alle. Mein Helfer durchquert die Halle, biegt in einen dunklen Gang, einige Stufen runter, einige Stufen rauf, ein weiterer Flur … Wo bringt er mich hin?

Das Zimmer ist hoch, wir befinden uns ja auf der Ebene der Eingangshalle. Der Raum ist groß, sehr groß, sicher zehn Meter lang. Die Wände sind braun gestrichen, die Tagesdecke des Doppelbettes ebenfalls braun, alles recht düster. An der Längsseite direkt an der Wand ein etwa zwanzig Zentimeter breites, momentan gekipptes Fenster, weit oben, durch das ich gerade so schauen kann. Von außen soll das wohl wie die Schießscharte einer Festung aussehen. Vor meiner Nase baumeln die Zweige einer einsamen Palme, durch sie hindurch erkenne ich Brachland und einen inoffiziellen Müllabladeplatz.

Was brauche ich Luxus? Ich bin in Marokko und werde in fünf Minuten in der Halle zum Stadtgang erwartet.

Eine Sehenswürdigkeit?

Offiziell bin ich aschblond oder fahlblond. Schreckliche Wörter. Asche auf meinem Haupt? Ein fahler Kopf? Ich bevorzuge straßenköterblond, Hunde mag ich. Momentan ist die triste Farbe aufgepeppt mit hellen Strähnchen vom Friseur und grauen Akzenten der Natur.

Es war einmal, vor vielen, vielen Jahren, da war ich blond, fast weißblond, aus der Tube. Mit Absätzen eins neunzig, lange blonde Haare, nicht gerade eine unauffällige Erscheinung.

Sportlich war ich nie. Auch nicht sonderlich an Sport interessiert, wenn man von der Formel 1 einmal absieht, wobei ich die Diskussionen, ob es sich bei diesen Rennen überhaupt um eine Sportart handelt, durchaus nachvollziehen kann. Motorsport – irgendwie ein Widerspruch in sich.

Dass wir in Oslo den Holmenkollbakken besuchen, Teil der Austragungsstätte diverser Olympischen Winterspiele und Wettbewerbe und wohl älteste Skisprungschanze der Welt, begeistert mich nur mäßig. Selbstverständlich war ich schon einmal oben auf einer Schanze, im Sommer, mit dem Aufzug. Den Mut, sich aus dieser Höhe in Bewegung zu setzen, steil abwärts, mit schmalen Brettern unter den Füßen, ohne Fallschirm, kann ich, mit meiner Höhenangst, nur bewundern. Ist das Sport? Oder versucht man lediglich, die Schwerkraft zu überlisten und den Traum vom Fliegen zu verwirklichen?

Nein, ich muss die unzähligen Stufen neben der Schanze am Holmenkollen nicht nach oben klettern, betrachte das Betongebilde aus der Entfernung, von einem Aussichtspunkt in der Nähe des Parkplatzes. Ein weiterer Bus naht, daraus ergießen sich fünfzig Chinesen, nur Männer, klein, kompakt, altersmäßig so zwischen 50 und 60. Sie stürmen auf die Plattform, schnattern, schauen, zunächst nach der weltberühmten Schanze, dann jedoch zunehmend nach der Walküre. Einige kommen näher, tuscheln, lachen. Schließlich fasst sich ein Mann ein Herz und spricht mich an. Verständigen können wir uns nicht, aber er gibt mir mit Gesten zu verstehen, dass er gerne ein Foto mit mir möchte. Warum nicht? Wir stellen uns dicht nebeneinander, einer seiner Kumpanen knipst. Der nächste Kandidat pirscht sich heran …

Das abschließende Gruppenfoto zeigt ein blondes Schneewittchen umringt von kleinen, breit grinsenden Bewunderern. Die Männer haben viel Spaß, und ich stelle erleichtert fest, dass es nicht nur für mich interessantere Dinge als eine Sprungschanze gibt.

In der Medina

Kurz vor drei verlassen wir unser Luxus-Komfort-5-Sterne-Hotel in Fès. Dem touristischen Standardprogramm folgend, müssen wir zunächst den Palast besuchen. Die ihn umgebende Mauer verwehrt uns den Blick auf das Gebäude, besichtigen kann man es selbstverständlich auch nicht, aber so ein Eingangstor ist ja auch ganz nett.

Wir dürfen keine Personen fotografieren, sie könnten ihr Gesicht, also ihre Seele, verlieren. Um uns wuselt jedoch ständig ein Fotograf herum, winkt, spricht uns an und knipst. (Die Fotos wurden am nächsten Morgen im Hotel angeboten. Ich schaute auf allen grimmig. Kein Wunder bei den vielen Seelen, die ich eingebüßt hatte.)

Endlich geht es in die Medina von Fès. Darauf habe ich mich seit Wochen gefreut.

Über 13.000 Gebäude befinden sich in der von einer Stadtmauer umschlossenen Altstadt, die Parkplätze vor den Eingangstoren. Die Medina ist eine reine Fußgängerzone. Selbst Mofas und Fahrräder sind wegen der teils sehr engen Durchgänge und dem unbefestigten Untergrund verboten. Die Hauptadern der Medina erstrecken sich über zwei Kilometer. Davon zweigen unendlich viele Gassen, Gässchen, Gänge und Sackgassen ab. Für Touristen ist es unmöglich, sich zu orientieren.

In dieser urtümlichen Altstadt kann man schauen, die Atmosphäre auf sich wirken lassen, Waren und die baufälligen Häuser bestaunen oder Leute beobachten. Man kann aber auch, was wir tun müssen, durch die engen Gänge zum Eingang einer Moschee hasten, in die wir überhaupt nicht hineindürfen. Ich sehe ja ein, dass dies hier die zweitwichtigste Moschee in Marokko ist, aber was bringt es, in dem dunklen Gang davor zu stehen, ständig von Vorbeikommenden angerempelt zu werden und den Erklärungen des Reiseleiters zu lauschen? Die kann ich auch nachlesen.

Wir rennen weiter. Sind wir nicht flott genug oder droht die Gruppe auseinanderzufallen, benutzt unser Reiseleiter – ich kann es nicht fassen – ein Megafon. Er ruft: »Aufschließen« oder Ähnliches. Oder er lässt eine bekannte Melodie erschallen, die Fußballhymne. ›Olé, olé, olé, olé‹, tönt es durch die Altstadt. Und das am Donnerstagnachmittag, wenn die Einwohner ihre Einkäufe tätigen, da Freitag Feiertag ist. Dies wird in der heutigen Zeit nur noch in Fès so gehandhabt. Auf dem Land und in anderen Städten arbeitet man die Woche durch, darf am Freitag kurz unterbrechen, um in der Moschee zu beten, und begeht, wenn man es sich leisten kann, unser Wochenende mit freiem Sonntag.

Im Dauerlauf erreichen wir die Universität, deren kleinen Vorhof wir besichtigen können. Für diesen Besuch hatte unser geschäftstüchtiger Reiseleiter am Morgen von jedem Teilnehmer zehn Euro Eintritt eingesammelt. Er kostete nur einen Euro pro Nase, vom Rest haben wir nie wieder etwas gesehen.

Weiter geht es zum Gerberviertel. Hier hat sich seit meinem letzten Aufenthalt nichts verändert. Pfefferminzblätter unter die Nase haltend, steigen wir auf das Dach eines Betriebes und betrachten die farbigen Becken. Es stinkt bestialisch. Das kommt von den Fleisch- und Blutresten an den Tierhäuten und den ätzenden Inhalten der Steinbottiche zur Behandlung und zum Färben der Häute. Es wird ausschließlich mit gesunden Produkten gefärbt, erklärt uns eine hübsche Frau im eleganten Business-Kostüm. Das kann man glauben – oder auch nicht. Besonders schöne Ergebnisse erzielt man übrigens mit Taubendreck. Wenn das kein Naturprodukt ist! Im Laden werden uns Felle, Lederjacken, -taschen und -schuhe zu nicht gerade günstigen Preisen zum Kauf aufgedrängt.

Durch unzählige Gassen erreichen wir einen kleinen Platz. Hier kann man durchatmen, muss nicht drängeln, könnte sich eigentlich mal eine Zigarette anstecken … Weiter vorne ertönen Schreie. Ein Stein, etwa 30 x 20 x 10 Zentimeter, also ein ordentlicher Brocken, hat zwei Damen unserer Gruppe getroffen. Glücklicherweise fiel er genau zwischen die beiden, hat eine an der Wade gestreift, der anderen den Knöchel aufgeschürft. An den Fenstern im ersten Stockwerk der umliegenden Häuser drängen sich Hunderte Männer. Bei den baufälligen Gebäuden könne schon mal ein Stein vom Dach fallen, meint unser Reiseleiter. Welches Dach? Die sind alle zu weit entfernt. (Ich habe im Jemen ja auch erlebt, dass uns Kinder mit Steinen bewarfen.) Wenigstens verkneift sich unser Führer auf dem weiteren Weg den Einsatz des Megafons. Man kann sich in anderen Kulturkreisen ruhig etwas unauffällig verhalten. Müssen wir das einem Einheimischen erklären?

Nächster Aufenthalt in einer Weberei. An vier riesigen Webstühlen wird gearbeitet, von Hand. Wie mühselig! Selbstverständlich dürfen wir Gardinen, Kleidungsstücke, Stoffe und Tücher käuflich erwerben. Alles aus Naturmaterialien, Seide und Schafwolle, in Naturfarben, was man glauben kann – oder auch nicht, denn eigentlich sind sie dafür zu billig. Ein handgewebter langer Schal für fünf Euro in einem Land, in dem man ständig abgezockt wird? Höchst unwahrscheinlich.

In den schmalen Gässchen sind Tausende Käufer unterwegs, Touristen habe ich noch keine gesehen. Wer Berührungsängste hat, sollte die Abendstunden in der Altstadt meiden. Zum Publikum kommen noch die ›Zulieferer‹, ein eigener, offizieller Geschäftszweig. Die Wege vom Parkplatz sind weit, die Händler bekommen ihre Waren mit überdimensionalen eckigen Schubkarren gebracht, die meist so hoch beladen sind, dass die ›Fahrer‹ nicht sehen können, wen oder was sie gerade überrollen. Sie rufen zwar laut, aber man kann aus Platzmangel nicht immer sofort ausweichen und hat prompt die Karre in den Hacken.

Noch etwas schlimmer sind die Esel, die überhaupt nicht abbremsen und so hoch und breit beladen sind, dass man sich nur in Geschäfte oder einen Hauseingang flüchten kann. Die Obst-, Gemüse-, Gewürz- und Fleischläden bieten nur Ausstellflächen, der dahinter thronende Betreiber schlüpft durch eine Klappe unter den Auslagen. Zudem stapeln sich zu Anschauungszwecken und aus Platzmangel vor den Ständen Säcke und Körbe mit Gewürzen, Kräutern, Datteln, Rosinen, daneben Schuhe, Taschen, Lampen, Bilderrahmen, Töpferwaren. Wenn gerade an einer solchen Stelle Gegenverkehr herrscht oder eine

Überholung stattfindet, hat man leicht ein nacktes Lamm, eine Gardine, einen Schafskopf, ein Kleidungsstück oder ein Huhn dicht vor der Nase baumeln, die von den Dachbalken hängen. – Auf die Hühnerstände werde ich nicht näher eingehen. Was sich zwischen dem Erwerb eines noch gackernden Huhnes und dem Rupfen seiner Federn abspielt, weiß jeder.

Unangenehm wird es, wenn sich eine Karre und ein Esel begegnen. Alles kommt zum Stillstand. Es wird geschoben, lamentiert, gequetscht, geschimpft, wobei sich die Esel meist heraushalten, also die vierbeinigen.

Noch kritischer wird es, wenn sich zwei vierbeinige Esel begegnen. Man sagt den Tieren Sturheit nach, dazu die nicht gerade feinfühligen Kerle, die sie antreiben, ihnen aufs Hinterteil schlagen, denn Zeit ist Geld, der nächste Auftrag wartet. Genau auf meiner Höhe drängen sich zwei Grautiere aneinander vorbei. Der Esel auf meiner Seite rempelt mich an, schiebt mich gegen einen Holzbalken. Schneller Blick nach oben. Wenn dieser Stützpfeiler kippt, kommt wahrscheinlich das halbe Dach herunter. Ich stemme mich gegen den Eselsleib, der unerwartet hart und unnachgiebig ist. Das Tier prescht unbeirrt weiter und verpasst mir zum Abschied einen kräftigen Tritt ans Schienbein.

Und ich wollte unbedingt in die dreckige, die enge, die stickige und total überfüllte Medina. Bin ich eigentlich verrückt? Eindeutig ja! Ich würde mich sofort wieder ins Getümmel stürzen. Es ist einfach großartig.

Gute Nacht

Trotz Megafon und Antrieb zur Eile waren wir dann wohl doch nicht schnell genug. Bei unserer Rückkehr ins Hotel ist bereits Abendessenszeit. Danach unternehme ich einen Rundgang durch die Anlage. Unglaublich. Die Altstadt ist nicht weit – und hier dieser Luxus. Die Bar (ohne Alkoholausschank) strotzt vor Kunstwerken: rote Teppiche, goldene Gardinen, Keramiken, Ornamente, bunte Glasfenster, dekorative Lampen. Alles sehr prunkvoll und genau so, wie man sich einen Palast im Orient vorstellt.

Kurz nach elf bin ich im Zimmer. Draußen weht starker Wind, die Wedel der einsamen Palme schlagen gegen die Wand und meine Schießscharte. Ich kann sie weder öffnen noch schließen; sie klemmt. Unterhalb des Fensterchens dröhnt der Generator. Es gibt keinen Nachttisch, Beleuchtung nur an der Decke, die an der Tür betätigt wird. Ist das 5-Sterne-Standard?

Da der Koffer noch nicht einmal geöffnet ist, gehe ich zur Rezeption und frage, ob ich ein anderes Zimmer bekommen kann. Das könne nur der Reiseleiter arrangieren, wird mir gesagt, und der hätte ausdrücklich Instruktion gegeben, ihn nach zehn Uhr nicht mehr zu stören.

Da muss ich jetzt durch. Leider bin ich hellwach. Die vielen Eindrücke der Besichtigung, der Wind, die Palme, das schmerzende Bein. Wenn der Generator nicht mit Getöse läuft, warte ich ungeduldig darauf, dass er wenige Minuten später wieder mit ohrenbetäubendem Lärm anspringt.

Der örtliche Führer hatte uns auch von der hervorragenden Küche in diesem Hotel vorgeschwärmt: »Die bereiten alles selbst zu.« Dass diese Aussage der Wahrheit entspricht und die entsprechende Räumlichkeit direkt unter meinem Zimmer im Tiefgeschoss liegt, merke ich um kurz vor vier. Wenn es doch nur Kaffeeduft gewesen wäre. Es riecht nach Ei, Fettgebackenem, Bratkartoffeln. Keine unangenehmen Düfte, wenn man hungrig in den Speisesaal geht, aber in der Nacht? Dazu ständiges Töpfe-, Pfannen- oder Sonst-was-Geklapper und Stimmen. Wie kann man zu dieser Tageszeit schon so munter sein?

Der Muezzin ruft zum Morgengebet.

Ich bin ja eher der Langschläfer, aber heute froh, als mich um kurz vor sechs der Wecker erlöst. Nicht vor Müdigkeit im Bus einschlafen, damit ich nichts verpasse, und diese Nacht ganz schnell vergessen, rede ich mir gut zu.

Am Frühstückstisch, wo mir alle von den Zimmern vorschwärmen, der Stille, dem Balkon, dem Ausblick auf die Gartenanlage mit dekorativem Lichterschmuck in der Nacht, fast weihnachtlich, klappt das auch noch hervorragend. Ich schweige. Da der Reiseleiter gar nicht aufhören will mit seiner Lobhudelei: »Na, hatte ich Ihnen zu viel versprochen? War das nicht ein tolles Hotel?«, werde ich ein klein wenig ärgerlich. Das steigert sich im Laufe des Tages.

Leider begeht der Reiseleiter den Fehler, bei einer Rast zu mir zu treten und erneut seinen Smalltalk abzulassen: »Das Hotel hat Ihnen doch sicher auch gefallen.« Dass damit das Fass übergelaufen ist und ich klar und deutlich antworte: »Nein, es war eine Zumutung«, kann und will er nicht verstehen, hält es wohl anfänglich für einen Scherz. Aber er denkt darüber nach und pirscht sich bei nächster Gelegenheit wieder an mich heran. »Wir hatten doch ein schönes Hotel letzte Nacht ...«

Ich erkläre ihm meine Einstellung dazu, das Fenster, die Aussicht, der Generator, die Gerüche, dass er nicht erreichbar war. Er fragt nach der Zimmernummer, sagt sonst nichts. Aber er telefoniert, lässt sich meine Angaben bestätigen ...

Nachtschwärmer

An der Loire teilte ich ein Doppelzimmer mit einer älteren Dame. Sie war sehr ängstlich. Wenn ich nach dem Abendessen noch durch die malerischen Ortschaften unserer Übernachtungsstationen bummelte, durfte ich die Karte bzw. den Schlüssel zum Zimmer oder einen Zweitschlüssel nicht mitnehmen, ich könnte ihn ja verlieren und dann würde plötzlich ein fremder Mann bei ihr eindringen.

Ich hielt meine Spaziergänge kurz, kehrte nie ein und war meist zwischen neun und zehn zurück. Sie lag um diese Zeit bereits im Bett, schlief manchmal sogar schon, so dass ich lange und laut klopfen musste. Sie sagte nie etwas. Aber der Reiseleiter petzte, dass sie sich täglich bei ihm beschwerte und Vorhaltungen machte: »Eine Zumutung! Wie konnte der Veranstalter mich nur mit einer Nachteule in einem Zimmer einquartieren?!«

Ich sehe Sternchen

Wussten Sie, dass es in Marokko Skigebiete gibt? Wir besuchten Oukaimeden im Hohen Atlas, ein typischer Wintersportort mit hübschen Hotelbauten mit Giebeln, weit heruntergezogenen, mit roten Ziegeln gedeckten Dächern, Parkanlagen mit Laubbäumen, Souvenirshops, Bars und Skiliften. Also typisch für die entsprechenden Orte in Österreich und der Schweiz, für ein Land in Nordafrika eher exotisch.

Der Atlas zieht sich von der Atlantikküste durch Marokko und Algerien bis nach Tunesien. Der höchste Gipfel ist der südlich von Marrakesch gelegene Djebel Toubkal mit über 4.100 Metern. Das Skigebiet liegt ca. 2.600 Meter hoch.

Bei der Überquerung des letzten Passes in Richtung Süden war es bereits dunkel, was den Vorteil hatte, dass ich die sehr abenteuerliche Straßenführung ohne Randbefestigung nicht sehen musste, allerdings die grandiose Landschaft auch nicht sehen konnte. Über eine Stunde fuhren wir dann noch auf einer Landstraße nach Erfoud. Nur wenige Ortsdurchfahrten, Dunkelheit, sanftes Geschaukel, sehr eintönig und ermüdend für den Gast, hätte der Busfahrer nicht in unregelmäßigen zeitlichen Abständen Vollbremsungen durchgeführt, weil plötzlich im Scheinwerferlicht unbeleuchtete Eselfuhrwerke, Mofas oder Fahrräder auftauchten. Wir konnten dies auf den Bildschirmen verfolgen, da der Bus über eine Kamera in Fahrtrichtung verfügte. Woher die jeweiligen Fahrer kamen und wo sie hinwollten, frage ich mich heute noch.

Bevor wir am Hotel in Erfoud aussteigen, schärft uns der Reiseleiter ein, unbedingt den Sternenhimmel zu betrachten.

Unser örtlicher Führer ist 80 Jahre alt. Was er an Zahlen, Daten und Fakten über Geschichte, Geologie, Botanik, Ackerbau und die wirtschaftliche Lage im Kopf hat, ist unglaublich. Nur mit Namen hat er es nicht so. Vom ersten bis zum letzten Tag unseres Beisammenseins ist der Fahrer der Fahrer, seine Frau die Frau des Fahrers, unser zweiter Chauffeur der große Fahrer, und so spricht er sie auch ohne Hemmungen an. Aber Sie erinnern sich sicher an meine Kritik an seinem Superhotel in Fès. Seit diesem Tag genieße ich VIP-Status, werde von ihm mit Madame Haas angesprochen, ständig gefragt, ob mir etwas gefallen hat, ob ich Wünsche habe, ob ich zufrieden bin. Er gibt mir seine Handynummer, damit ich ihn immer erreichen kann, wenn ich eine Beschwerde habe. Madame Haas hier, Madame Haas dort. Mir ist die Sache schon fast peinlich.

Bevor also am nächsten Morgen über Megafon die Frage erschallt: »Madame Haas, haben Sie sich den Sternenhimmel angesehen?«, werde ich, bevor ich es vergesse, diese Hausaufgabe sofort erledigen. Der Flur zu meinem Zimmer ist eher düster. Die Augen müssen sich an Dunkelheit gewöhnen. Wenn ich also im Raum kein Licht anschalte, müsste das schneller gehen. Ich stelle den Koffer ab, stolpere blind im Zimmer herum, ertaste einen geschlossenen Vorgang, dahinter eine Glastür und sehe ... nichts, absolut nichts. Totale Finsternis.

Das Hotel ist eines der letzten Häuser im Ort, mein Zimmer liegt nach hinten, d.h. in meiner Blickrichtung befindet sich die Sahara und es sind tausend Kilometer bis zur nächsten menschlichen Behausung und Lichtquelle.

Aber wenn hinter der Glastür gar kein Balkon ist und ich in die Tiefe stürze? Was für eine Schnapsidee, hier im Dunkeln herumzutappen. Das Hotel macht allerdings einen sehr guten Eindruck, da werden nicht gerade in meinem Zimmer bauliche Mängel auftreten. Mit gesenktem Kopf – warum auch immer, wohl ein Reflex? – bewege ich mich Zentimeter für Zentimeter voran, die Arme ausgestreckt, und stoße bald an eine steinerne Balustrade. Blick darüber nach unten, nach rechts und links – kein Schein, keine Kontur, nur Schwärze. Blick nach oben ... es verschlägt mir den Atem. Hunderte, nein, Tausende Sterne. Einzelne, klar abgegrenzte, einige scheinen zu blinken, helle Flächen aus Ansammlungen von Sternen, ein breites Band. Ist das die Milchstraße? Unglaublich! Ich schaue und staune ...

In Planetarien konnte ich bereits abgebildete Himmelsformationen bewundern, aber das hier ist die Wirklichkeit. Unfassbar! (Ich habe später nachgeforscht. In solchen Gegenden kann man tatsächlich 3.000 bis 5.000 Sterne sehen. Auch wenn es sich nur um einen Bruchteil handelte, der Anblick war überwältigend und unvergesslich.)

Auf meinem Erkundungsgang nach dem Abendessen treffe ich vor dem Hotel ein Ehepaar, das sich den Hals nach Sternen ausrenkt. Vor der angestrahlten Fassade des Gebäudes und vom gut ausgeleuchteten Parkplatz sind keine zu sehen, auch der Gang in eine etwas dunklere Ecke, wobei uns der Wachmann misstrauisch beobachtet, wird nicht mit Erfolg gekrönt.

»Vom Balkon sieht man sie gut«, stelle ich fest.

»Balkon?«, ertönt ein erstauntes Echo.

Ich erfahre, dass alle Mitreisenden in Zimmern im Erdgeschoss untergebracht sind – mit einem massiven Gitter vor der Terrassentür, das sich nicht öffnen lässt. Dass nur ich ein edles Balkonzimmer zugeteilt bekam, ist wohl wieder eine Auswirkung meiner Beschwerde.

Ich lade das Ehepaar zu mir ein, schalte nur das Licht im Bad an und schließe dessen Tür bis auf einen Spalt, damit man Umrisse erkennen kann. Dann führe ich meine Gäste auf den Balkon. Aaaah! Sie sind alle noch da! Ehrfürchtig schweigend schauen und staunen wir …

Nein, ich habe nicht mit meinem Zimmer geprahlt, aber meine Besucher. Von verschiedenen Mitreisenden werde ich im Laufe des folgenden Tages angesprochen.

Und nach dem Abendessen stehen sechzehn Personen auf meinem Balkon und schauen und staunen …

Gutgläubigkeit

Auf einer Busreise in die Normandie und die Bretagne teilte ich zwei Wochen ein Doppelzimmer mit einer mir vor der Fahrt unbekannten Dame. Es klappte prima. Wir unternahmen alles zusammen, verstanden uns gut und hatten immer Gesprächsthemen. Sie war früher in meiner damaligen Firma tätig gewesen und kannte viele Kollegen.

Sie hatte eine dreitägige Verlängerung in Paris gebucht und bat um meine überschüssigen Francs, umgerechnet etwa 200 DM. Wir wollten uns später in Frankfurt treffen, Kaffee trinken, Fotos ansehen, Erinnerungen austauschen.

Trotz intensiver Bemühungen meinerseits habe sie nie wiedergesehen, mein Geld auch nicht.

Die Dünen von Merzouga

Morgens besuchen wir die kleine Fabrik schräg gegenüber vom Hotel. Ein Mitarbeiter zeigt und erklärt uns die Maschinen, an denen gearbeitet wird. Riesige Steinblöcke werden unter ohrenbetäubendem Lärm, spritzendem Wasser und trotzdem einem Höllenstaub in Scheiben geschnitten, in die gewünschte Form gebracht, geschliffen und poliert. Heraus kommen schwarze Marmorplatten mit versteinerten Schnecken-, Fisch- oder Muscheleinlagen. Sehr, sehr hübsch.

Es werden hauptsächlich Waschbeckenkombinationen für Hotelketten gefertigt, aber auch Tischplatten, meist zwei auf drei Meter, für ein Souvenir etwas wuchtig. Die Fabrik verschickt auch ins Ausland, erklärt man uns, aber niemand kann sich für ein Stück begeistern. Darauf ist der Betrieb natürlich vorbereitet. In zwei großen Verkaufsräumen finden wir Trilubiten und Trusen, beige, grüne und weiße Marmoreier. Ich möchte wetten, die Eierchen kommen aus Italien, denn der einheimische Marmor ist ausschließlich schwarz. Die in allen Größen angebotenen Elefanten, Kamele, Nashörner und Hasen aus Alabaster stammen ebenfalls wohl eher nicht aus der Gegend. Dann gibt es noch nette, als Seifenhalter oder Aschenbecher zu benutzende schwarze Schälchen mit ›Einlagen‹ sowie kleine Fische als Anhänger. Davon nehme ich mir einige mit, die kann man schön verschenken. Ich gehe auch davon aus, dass sie echt sind, denn solche Fischgerippe künstlich herzustellen, kostet sicher mehr, als sie aus den Abfallstücken der Platten zu gewinnen.

Mittags gibt es einen Imbiss im Hotel, um halb zwei holen uns fünf Geländewagen zur Wüstentour ab. Wir haben einen sehr jungen Fahrer. Er trägt einen blauen Turban, Jeans, ein weißes T-Shirt mit einem dicken Pullover darüber. Klar, es sind ja nur 28 Grad draußen, wie das Thermometer im Fahrzeug anzeigt. Seine Nase ist etwas verbeult, aber die Zähne, der Mund und vor allem die hellen Augen durchaus einen zweiten Blick wert.

Auf asphaltierter Straße geht es in das etwa zwanzig Kilometer entfernte Rissani. Hier kommen die Gegensätze wieder so richtig zum Ausdruck: Einmal die wunderschön gepflegte Anlage mit dem Grabmal des Moulay Ali Cherif mit Blumen, Palmen, Fliesen und Ornamenten (als Ungläubige dürfen wir das Grabmal nicht anschauen), auf der anderen Seite ein Wohngebiet, festungsartig, so 80 x 80 Meter, zweistöckig, eindeutig das Armenviertel der Stadt. Der Reiseleiter empfiehlt, einmal durchzugehen. Warum? Führt man bei uns Japaner und Amerikaner zu sozialen Brennpunkten? Gibt es Plattenbautourismus?

Satellitenschüsseln schmücken den Komplex, Strom ist also vorhanden, aber das Wasser wird in Blecheimern aus einem Brunnen geholt. Dass uns auf unserem kleinen Erkundungsmarsch bettelnde Kinder begleiten, muss ich sicher nicht erwähnen. Die Gänge in der Anlage sind nicht sehr hoch, eng, muffig, dunkel, denn das Obergeschoss ist durchgehend und Fenster gibt es im unteren Teil nicht. Ab und zu führen Treppchen nach oben. Wie soll man durch diese unwegsamen Gänge voller Rinnen, Staub und Müll Möbel transportieren? Wahrscheinlich ergibt sich diese Frage nicht, es werden wohl nur wenige Möbelstücke – außer dem obligatorischen Fernsehgerät – vorhanden sein.

An der gegenüberliegenden Ecke, am Eingang zur ›Neustadt‹, liegt ein kleines Geschäft. Ich will mir nur ein Wasser holen, bin aber von dem Warenangebot so begeistert, dass ich länger verweile. Auf den etwa vierzig Quadratmetern gibt es wirklich alles, wie bei uns früher in Tante-Emma-Läden.

Einige der zuvor bettelnden Kinder, denen jemand Geld gegeben hat, kommen herein. Ich bin neugierig, was sie sich kaufen wollen. Eis, Süßigkeiten, Comics, Cola, Spielzeug? Der größte Junge nimmt und bezahlt einen der in Folie eingeschweißten Packen mit Plastikwasserfläschchen, die auf der Straße an alle verteilt werden. Die Meute setzt sich auf eine Mauer und jedes Kind trinkt langsam und genüsslich stilles Quellwasser aus seiner Flasche. Eine überraschende Beobachtung, die mich berührt und einen starken Eindruck hinterlässt.

Bald endet die Asphaltstraße, wir kommen auf die Piste. Ich habe immer mal einen Blick riskiert, nicht auf den jungen Fahrer, sondern auf den Tacho. Wir waren nie schneller als 60 Stundenkilometer unterwegs, aber wenn es dabei durch unwegsames Gelände geht, über Steine, durch Fahrrinnen oder über Bodenwellen, ist das recht flott. Wir werden heftig durchgerüttelt.

Jetzt macht die Fahrt so richtig Spaß! Jedenfalls mir. Damit die folgenden Wagen nicht den aufgewirbelten Dreck abbekommen, fahren wir nebeneinander – im Abstand von etwa zwanzig Metern. Wenn es über eine Kuppe geht, ist eine Vollbremsung angesagt, dann liegen die anderen Fahrzeuge kurzzeitig vorne, aber das gleicht sich bald wieder aus, ein Hindernis hat jeder einmal. Wir liegen gerade vorne, da hupt der Geländewagen links von uns, unser Reiseleiter lehnt sich aus dem Beifahrerfenster und droht mit der Faust. Vorsorglich klammere ich mich schon mal fest, denn unser Fahrer steigt – wie vermutet – voll in die Eisen. Dieses Spiel kenne ich von unserer mehrtägigen Jeepfahrt im Oman. Wehe, wenn einer wagt, das Leittier, also den Chef der Gruppe, zu überholen.

Wir sind genau dreißig Minuten unterwegs, als die Dünen von Merzouga auftauchen. Der Anblick ist überwältigend. Ein Traum!

Unser Ziel ist eine kleine Kasbah am Fuße der Erg Chebbi. Wir können uns in den Innenhof setzen und etwas trinken oder die Dünen erklimmen – zu Fuß oder per Dromedar, was zusätzlich kostet. Der Reiseleiter stellt uns als örtlichen Begleiter den ›General‹ vor, der über diese Bezeichnung nur lächelt, auch sonst kaum spricht. So, wie er angezogen ist, könnte er tatsächlich vom Militär sein, denn die Grenze zu Algerien ist nicht weit und da muss man Touristen schon ein wenig im Auge behalten. Unser Reiseleiter erklärt, dass der General nur für unsere Gruppe da ist, von uns mit der Tour bezahlt wurde. Er wird uns auf die höchste von hier aus sichtbare Düne begleiten.

Mittlerweile hat eine kleine Karawane Dromedare die Kasbah erreicht, etwa zwanzig Tiere. Einige Mitreisende entscheiden sich für den Ritt, ich schließe mich den Fußgängern an. Aber was ist das? Der General stürmt los. Muss ich jetzt im Dauerlauf auf die Düne? Es sind doch noch fast drei Stunden bis zum Sonnenuntergang. Ich möchte schauen, fotografieren, den Moment genießen. Wer weiß, wie viele Jahre es dauern wird, bis ich wieder ein derart spektakuläres Naturschauspiel geboten bekomme. Außerdem befürchte ich Konditionsprobleme. So eine Düne ist ca. 150 Meter hoch, die Sonne brennt erbarmungslos nieder und es herrschen in der Ebene sicher Temperaturen um die 35 Grad.

Langsam marschiere ich der entschwindenden Gruppe nach. Ist das schön!

Ich liebe die Wüste. Die warme Farbe und alles ist so rein, so klar, die Spuren vom Vortag vom Winde verweht. Man fühlt sich wie der erste Mensch auf diesem Fleckchen Erde … öhm … Sand. Immer wieder bleibe ich stehen, drehe mich um die eigene Achse. Sand, Sand! Ist er orange? Hellbraun? Beige? Egal! Er ist vom Wind geglättet, bis auf die Fußspuren der

Vorgänger, verwehtes Gestrüpp und vereinzelte Grasbüschel. Ich hocke mich hin und lasse den warmen Sand durch die Finger rieseln.

Links von mir setzt sich die Dromedar-Karawane in Bewegung. Es sieht majestätisch aus, wie die Tiere langsam über den Dünenkamm schreiten. Unten an der Festung zieht eine Herde vorbei, mindestens 80 Reittiere, von rechts kommen einige blau gekleidete Wüstensöhne die Hügel herauf.

Hangaufwärts sehe ich, dass sich ein Großteil unserer Gruppe in alle Richtungen versprengt hat. Überall stehen oder sitzen vereinzelte Mitreisende, zu denen sich die Einheimischen gesellen.

Wieder geht es ein paar Meter weiter. Der Sand ist locker, ich mache einen Schritt und rutsche mindestens die Hälfte wieder runter. Ich kämpfe mich gerade einen steilen Hang hoch, da fasst mich ein Mann am Arm und zieht mich hinauf. Mein nicht gewünschter Helfer spricht gut Französisch. Ich sage ihm, dass ich alleine gehen will. Er beginnt zu jammern. Er möchte mich begleiten (kein Bedarf!), mir die Landschaft zeigen (die sehe ich selber). Er will auch kein Geld dafür (oh Wunder!), aber seine Familie ist arm, er hat keine Arbeit und muss drei Kinder ernähren. Deshalb zeigt er den Touristen seine schöne Heimat und als Gegenleistung (wusste ich es doch!) darf ich ihm ein paar Dinge abkaufen, die seine Frau in einem kleinen Betrieb herstellt. Ich könnte heulen, will einfach nur meine Ruhe. Schon packt er seine Schätze aus. Genau die Kleinigkeiten, die es in der Marmorfabrik gab, aber zu absolut überhöhten, bis zu zehnfachen Preisen.

Ich erkläre ihm, dass ich meine Souvenirs bereits in Erfoud gekauft habe, keine mehr brauche. Wieder fängt er an zu wimmern: Er hat Familie, muss Geld verdienen. Ein gutes Stichwort! Jetzt bin ich dran: Ich habe jahrelang (man darf ja wohl etwas übertreiben) gearbeitet, um mir diesen Urlaub leisten zu können. Bei uns wächst das Geld auch nicht auf den

Bäumen. Dieses Jahr konnte ich mir endlich den Traum erfüllen und habe ja wohl ein Recht darauf, machen zu können, was ich will in seiner schönen Heimat – und zwar ALLEINE!

Wie klar ich mich ausgedrückt habe, ob mein Tonfall aggressiv genug war, keine Ahnung, jedenfalls packt er seine Waren ein und zieht wortlos ab. Ich kann mein Glück kaum fassen. Jedoch nähert sich schnellen Schrittes ein weiterer selbst ernannter Führer. Meiner ruft ihm etwas zu, worauf der Neuling abschwenkt. Meine Ansprache hat also doch etwas bewirkt.

Auf dem Weitermarsch kommen mir zwei Damen der Gruppe entgegen. Sie haben die Nase voll, beklagen sich über die Hetzerei, wollen im Lokal etwas trinken gehen.

Hinter der nächsten Kuppe sitzt das Oberurseler Ehepaar ... mit einem Einheimischen. Den hätte ich nicht abgewiesen, zwar seine ausgebreiteten Handelswaren nicht gekauft, aber ihn selbst mit nach Hause genommen. So einen Typ muss man doch für Parfüm- oder Rasierschaumwerbung vermarkten. Französisch spricht er nicht. Mit Gesten lädt er mich ein, mich dazuzusetzen, aber ich will noch ein Stück weitergehen. Vorher darf ich aber noch ein bisschen diese Naturschönheit anschauen. Mit dem obligatorischen blauen Mantel und Turban bekleidet, sieht man nur Hände und Gesicht, lange schmale Finger mit gepflegten Nägeln, pechschwarze Haare, eine edle Nase, makellose und weiß blitzende Zähne und als Highlight zum dunklen Teint blaue Augen.

Ich marschiere weiter. Hinter dem nächsten Hügelchen sitzt ein weiteres Paar im Sand – ebenfalls mit einheimischer Begleitung und Warenauslage. Dort will ich nicht hingehen, sondern nochmals die Aussicht genießen, dann langsam den Rückweg antreten. Die Mitreisenden, die mit den Dromedaren die Dünenbesteigung in Angriff genommen haben, sind auf halber Strecke abgestiegen, rasten jetzt neben den Tieren. Das sieht so idyllisch aus. Vielleicht hätte ich das auch machen sollen. Beim nächsten Mal ...

Vor der benachbarten Festung sind etwa zwanzig Geländewagen vorgefahren. Das erklärt den vorherigen Dromedar-Auftrieb. Die Gäste besteigen die Tiere und eine Riesenkarawane setzt sich in Bewegung. Eine eindrucksvolle Szene, wie sie langsam vor der nun schon recht tief stehenden Sonne vorbeizieht, wie in einem kitschigen Film.

Ich setze mich zu den anderen vor die Kasbah. Der Wirt hat gemerkt, dass wir den Innenhof meiden, lieber den Sonnenuntergang über den Dünen ansehen wollen. Er schleppt Tische, Stühle und Getränke nach draußen.

Wenig später kehren unsere Reiter zurück. Sie sind stinksauer. Die großen Taschen, die die Dromedar-Führer dabei hatten, waren nicht etwa mit Futter für die Tiere gefüllt, wie angenommen, sondern mit Marmorplatten, Schnecken-Schalen, versteinerten Fischen, Marmoreiern, Steinplatten, Trusen, Trilubiten. Bevor nicht *jeder* etwas gekauft hatte, ließen sie die Gruppe nicht wieder aufsitzen. Und dann beförderten sie sie nicht etwa zum Gipfel, sondern auf direktem Weg zurück zur Kasbah.

So viel zum Thema Idylle.

Unmoralisch

Nach meiner eher negativen Erfahrung mit der Buchung von halben Doppelzimmern gönnte ich mir bei einer Spanienrundreise ein eigenes Gemach. Schon am ersten Abend gab es Probleme bei der Quartierverteilung. Helga S. sollte mit Britta ein Zimmer teilen, aber Helga S. hieß eigentlich Helge S. und war ein Mann. Mit Fahrer und Reiseleiter war kein Tausch möglich, sie hatten gemeinsam ein Zimmer. Ich ließ mich überreden, mein Zimmerchen für Helga-Helge herzugeben, mit Britta zu logieren, bekam sofort den Einzelzimmerzuschlag in bar ausgezahlt – ein willkommenes zusätzliches Taschengeld.

Britta war einfach süß. Jung, hübsch, nett, liebenswert.

Das fand der Busfahrer auch. Am zweiten Abend war bei meiner Rückkehr das Zimmer verrammelt, ich meine: die Kette von innen vorgelegt.

»Kommt nicht mehr vor«, sagten beide spät in der Nacht.

Kam es aber doch, gleich am nächsten Nachmittag.

Der Reiseleiter erwischte mich nachts um drei an der Rezeption, wo ich versuchte, ein zusätzliches Zimmer zu bekommen. Es gab ein gewaltiges Donnerwetter – und für mich für den Rest der Reise ein Einzelzimmer, das ich nicht bezahlen musste.

Ein knappes Jahr später flatterte eine Hochzeitsanzeige in meinen Briefkasten. Also doch nicht ganz so unmoralisch, wie es zunächst aussah. Ein Happy End.

Der Mitreisende

(Marokko) Er ist ein feiner Mann, sieht für sein Alter, ich schätze so Mitte siebzig, gut aus. Volles Haar, kurz geschnitten, aufrechter Gang, geschmackvolle, dem Anlass entsprechende

Kleidung. Im Gegensatz zu seiner Frau, die gerne mal eine orange Bluse mit roter Hose und gelber Jacke kombiniert.

Er liest die Tageszeitung, Die Zeit, Focus und Spiegel, ist über Politik, Wirtschaft und Kultur bestens informiert, kann mitreden und hat eine eigene Meinung, die er nicht aufdringlich, aber bestimmt zum Ausdruck bringt. Ich wünschte, ich hätte seine Allgemeinbildung.

Sein Hobby sind Opern. Er war schon in der Scala, der Met, in Bayreuth, bei Aufführungen in Wien und Paris. Seine Sammlung umfasst 1.200 alte Langspielplatten, von denen er die Sänger und Dirigenten benennen kann, kennt das Jahr und den Ort der Erstaufführung und wer dabei die Hauptrollen sang.

Seine Frau spricht starken Pfälzer Dialekt, ist manchmal schwer zu verstehen. Er ist im selben Dorf geboren, wo sie schon als Kinder zusammen spielten und heute noch wohnen. Bei ihm kann ich keinerlei Akzent heraushören.

Ich suche beim Essen oder beim abendlichen Drink in der Hotelhalle oder einer Bar die Nähe des Paares. Er ist ein so guter Gesprächspartner, der immer interessante Aspekte einbringen kann. Seine Meinung ist mir wichtig.

Was hat er beruflich gemacht? Nach der Volksschule arbeitete er auf dem elterlichen Bauernhof, übernahm und betrieb ihn bis zu seinem Ruhestand.

Auf Einkaufstour in Marrakesch

Im Obergeschoss der Apotheke serviert man uns Tee. Es wird also eine längere Veranstaltung werden, selbstverständlich mit der Gelegenheit, die angepriesenen Waren zu kaufen. Der Chef selbst hält uns einen Vortrag, sechs Gehilfen reichen Tiegel, Döschen und Schächtelchen mit Pasten, Gewürzen und getrockneten Kräutern herum. Wir riechen, kosten und reiben uns mit den Wundermitteln ein. Es sind Allheilmittel gegen Muskelschmerzen und Kleidermotten, für glänzende Schuhe und reine Haut, zum Würzen von Speisen und zur Stärkung der Manneskraft.

Als Service des Hauses bietet man eine Kurzmassage an, natürlich kostenlos. Die Gehilfen stellen Stühle auf und kneten die Schultern der darauf Platz nehmenden, ach so verspannten Touristen, schlagen mit der Handkante auf verhärtete Stellen und den Hals. Zehn Minuten dauert die ›Behandlung‹. Ich werde mehrfach aufgefordert, ebenfalls Platz zu nehmen, habe aber Bedenken. Wie sieht es mit der Qualifikation der ›Masseure‹ aus? Wenn mir einer einen Halswirbel verschiebt oder anknackst, was dann? Auch der Reiseleiter drängt mich. – Das wird Ihnen guttun, beteuert er, und es kostet auch nichts. – Ich hatte bereits abgelehnt, und wenn ich NEIN sage, dann meine ich es auch so. Warum müssen hier immer alle versuchen, die lebensunerfahrenen Touristen eines Besseren zu belehren? Mit dieser Mentalität hatte ich schon immer meine Probleme.

Bevor wir das Haus verlassen dürfen, die Gehilfen blockieren zufällig den Treppenabgang, kassiert der Ober-Apotheker von jedem Besucher 10 Euro. – Wofür? – Die entspannende Massage. – Aber die war doch gratis. – Natürlich, das ist ein Service des Hauses, aber die Angestellten verdienen nicht viel, da ist ein Trinkgeld für ihre Bemühungen doch wohl angebracht …

Zurück in der Gasse fragt unser Reiseleiter nach unseren Einkaufswünschen. Der örtliche Führer wird uns in ein ›Kaufhaus‹ begleiten, ein Zusammenschluss verschiedener Handwerksbetriebe, die preiswerte Waren anbieten. Ich werde mitgehen und mir das mal ansehen.

Auch der örtliche Begleiter hetzt los, damit wir nur ja keine Gelegenheit haben, uns selbst an den zahlreichen Ständen umzuschauen. Ich halte Anschluss an die Mitreisenden, sehe plötzlich unseren Führer an einem Schuhlädchen stehen und mit drei deutschen Frauen plaudern. Er erklärt ihnen, dass im Souk alles überteuert sei, er ihnen eine wesentlich günstigere Einkaufsquelle für Schuhe und andere hochwertige Waren empfehlen könne, wohin er zufällig gerade auf dem Weg sei und sie sich gerne anschließen könnten. Sie stimmen zu. Und dann kassiert der Kerl für den ›Tipp‹ doch tatsächlich von jeder Dame fünf Euro. Sie hetzen hinter uns her.

Durch Nebengassen erreichen wir ein zweistöckiges Geschäft. Das Angebot unterscheidet sich kaum von dem in den Lädchen, die wir im Souk passiert haben. Ich soll für Tina nach Teegläsern schauen. Dazu gibt es hier ausgiebig Gelegenheit. In einer Vitrine stehen wüst durcheinander Hunderte aller möglichen Sorten. Die Mehrzahl ist gold bemalt, eine Verzierung, die wahrscheinlich den zweiten Spülgang nicht überstehen wird. Im Souk habe ich diese Gläschen bereits für einen Euro pro Stück gesehen, offiziell ausgepreist, das heißt es gibt noch Spielraum zum Handeln.

Ein eifriger Verkäufer springt um mich herum, zeigt mir ständig Dinge, die ich nicht will. Mühsam suche ich sechs passende Gläser heraus, in verschiedenen Farben, die Oberhälfte bunt eingefärbt. Ob das eine Gravur oder ein eingebrannter Farbauftrag ist, kann ich nicht beurteilen. Aber ich finde sie hübsch. Auf meine Frage, was sie kosten, reagiert der Typ nicht. Er nimmt mir meine Beute ab, besorgt einen Karton. Liebevoll wickelt der Kassierer die empfindlichen Gefäße ein, das Päckchen wird nochmals mit Zeitungspapier umhüllt und mit mehreren Metern Klebeband gesichert.

Was ich sonst noch brauche, werde ich gefragt. – Nichts! Ich möchte den Preis wissen. – Sie hätten schöne Ledertaschen und Gürtel und Schals und … – Er bringt mich in die Schuhabteilung. – Nein, ich möchte wissen, was die Gläser kosten. – Wenn ich noch mehr kaufe, wird es billiger. – Ich will aber nichts mehr kaufen. – Endlich gehen wir zur Kasse. Er druckst herum, bespricht sich mit dem Kassierer, dann wird mir eine Zahl genannt: Achtzig.

Handelt man in einem Kaufhaus? Selbstverständlich. Aber ich habe keine Lust dazu, finde den Preis eigentlich in Ordnung. Die über die Theke gereichten 80 Dirham (das sind 8 Euro) werden empört zurückgewiesen. Sie verlangen 80 Euro!

Nun habe ich ein Problem. Beim Handeln startet der Verkäufer mit einem überhöhten Preis, der Interessent ist entsetzt und bietet die Hälfte. Der Händler tut beleidigt, jammert, dass man ihn ruinieren will. Schlussendlich einigt man sich in der Mitte, beide schimpfen, sind aber zufrieden.

Auf dieses Prozedere habe ich absolut keine Lust, will ja noch nicht einmal die 40 Euro bezahlen, die ich jetzt nennen müsste. Ich bedanke mich herzlich und gehe. Für die Verkäufer gehört das mit zum Spiel, gleich zwei rennen mir nach und fragen, was ich zahlen wolle. Ich bedanke mich nochmals und gehe weiter. Wie von Geisterhand steht plötzlich der örtliche Reiseleiter vor mir, bittet mich zur Seite. – So geht das nicht, meint er. – Mich kann niemand zwingen, etwas zu kaufen, beharre ich. – Man kann doch handeln, meint er. – Aber nicht auf dieser Basis, stelle ich klar. – Aber das ist hochwertige Qualität, behauptet er, dabei bin ich mir sicher, dass er keine Ahnung hat, um welche Ware es überhaupt geht. – Ich möchte ein kleines Souvenir mitnehmen und kein Vermögen ausgeben, erkläre ich. – 60 Euro müsste ich bezahlen, sonst würden die Leute nichts mehr verdienen (und er keine Provision bekommen, hat er natürlich vergessen zu erwähnen). – Ganz sicher nicht! – Was ich zahlen will?, fragt er. – Nichts! Ich gehe! Wir treffen uns wie vereinbart vorm Haus. – Die Sachen wären doch schon für mich verpackt. – Nicht meine Schuld, ich wollte vorher einen Preis dafür hören. – Was ich denn zahlen würde?, fragt er erneut.

Verdammt! Wie komme ich hier raus? Ich gehe einfach. Er kommt hinterher, hält mich am Arm fest, was ich so gar nicht mag. Er bemerkt meine abwehrende Reaktion und weicht zurück. – Sie müssen etwas kaufen, sagt er. – Ich muss gar nichts. – Sie können sich doch noch ein paar Schuhe aussuchen. – Nein! – Was würden Sie denn zahlen? – Um endlich meine Ruhe zu haben, sage ich: 10 Euro.

Diesmal wendet er sich ab und geht. Prima! Genau so war das geplant.

Noch auf der Treppe holt er mich ein. Er musste sich ja erst bei den Verkäufern erkundigen, um was es überhaupt ging und wie weit er gehen durfte. – 30 Euro lautet sein letztes Angebot. – Und meins 15. – Dafür bekomme ich die Gläser dann auch.

Ein widerliches Spiel. Dass sie mir das Päckchen nicht vor die Füße geknallt haben, wundert mich. Wahrscheinlich denken sie jetzt, dass ich in Verhandlungssachen ein ganz harter Hund bin. Und ich fühle mich beschissen, also nicht nur, was den Preis angeht, sondern dass ich die Geschäftsgebaren und -regeln verletzt habe. Das war garantiert mein letzter Aufenthalt in einem marokkanischen ›Kaufhaus‹.

Der geschäftstüchtige örtliche Reiseführer begleitete unsere Gruppe noch den ganzen Tag, ignorierte mich dabei vollkommen. Kein Blickkontakt, keine Antwort auf eine Frage. Dafür beachtete ich ihn am Abend nicht, als er mit geöffneter Hand vor dem Bus stand. Damit habe ich gegen eine weitere ungeschriebene Regel verstoßen, aber es ging mir danach so richtig gut.

In Fès ein reiner Markt für die Einheimischen, ist der Souk in Marrakesch eher für Touristen ausgelegt. Dennoch ist es ein Erlebnis für die Sinne: Der Duft von Gewürzen, reifen Früchten, Seifen, Leder, frisch verarbeitetem Holz der Drechsler. Die Farbenvielfalt der Stoffe, Kleidungsstücke, Teppiche, Keramikfliesen und -teller. Der Glanz des Schmuckes, der Gläser, Lampen, Spiegel und Haushaltsgegenstände aus Kupfer und

Messing. Das Gegacker der Hühner und die Arbeitsgeräusche der Schmiede und Tischler.

Der Djemaa el-Fna, der Platz der Gerichteten, ist erst am Abend so richtig belebt, wenn die Garküchenbetreiber Tische, Bänke und ihre Stände aufbauen und zu brutzeln anfangen. Überall dampft es und riecht (teils) sehr lecker. Hier essen fast nur Einheimische, die den Abend auf dem Platz verbringen, wie wir auf einen Rummel gehen, später in einem der umliegenden Cafés sitzen und das Treiben beobachten. Weise Herren, die für die Bevölkerung Briefe schreiben oder Formulare ausfüllen, gibt es in der heutigen Zeit nicht mehr. Auch keine ›Zahnärzte‹, die schmerzende Beißerchen herausreißen, wie ich es vor vielen Jahren noch erlebt habe. Aber ich entdeckte einen Secondhandverkauf von Gebissen.

Frauen verschönern Hände und Arme mit Henna-Verzierungen, Musikgruppen, Tänzer, Akrobaten und Feuerspucker treten auf, zur Bewegung der Flöte winden sich Schlangen aus ihren Bastkörben. Wenn Ihnen eine Schlange für ein Foto um den Hals gelegt wird, müssen Sie sich keine Gedanken machen. Die Reptilien sind harmlos, werden in einer Tierklinik regelmäßig untersucht und gemolken, besitzen einen Gesundheitspass, und ohne aktuellen Stempel dürfen sie nicht öffentlich in Aktion treten.

Aber seien Sie vorsichtig, wenn man die Makaken aus ihren winzigen Holzkästen holt und an einer Leine zu Ihnen zerrt! Die Berberaffen haben meist blutige oder offene Hautstellen und kratzen sich ständig. Vielleicht springt ja nicht nur der Funke, weitere sehenswerte Orte zu besuchen, zu Ihnen über, sondern auch ein kleines Krabbeltier.

Das zehnte Hotel

Die letzte Übernachtung auf der Rundreise, das zehnte Hotel. Ein riesiger Kasten in Calella, in der Nähe von Barcelona. Mein Zimmer liegt in der ersten Etage ganz am Ende des Flurs. Derart lange Gänge hatte ich vorher noch nie gesehen, man konnte Personen am anderen Ende kaum erkennen. Ein Plastikkärtchen öffnet die Tür zum Zimmer, ein Pappkärtchen nennt die Nummer und weist mich als Berechtigte für Abendessen und Frühstück aus.

Ich habe in der Nacht kaum geschlafen.

Beim Auschecken fragt mich die Dame an der Rezeption bei der Entgegennahme des Schlüsselkärtchens nach meiner Zimmernummer. Ich kann mich nicht daran erinnern.

»Erster Stock, rechter Flügel, das letzte Zimmer links.«

Damit kann sie nichts anfangen.

»Direkt über dem Abzug der Küche.«

Diese Aussage hilft ihr ebenfalls nicht weiter.

»An der Zufahrt, an der die Müllmänner morgens um vier mindestens zwanzig Rollcontainer über das holprige Pflaster schoben und mit penetranter Piep-piep-piep-Begleitung in ihren Wagen leerten.«

Sie sieht mich verständnislos an.

Wo das Pappkärtchen abgeblieben ist, weiß ich auch nicht. Entweder im Koffer bei den Unterlagen, auf dem Zimmer im Papierkorb oder noch auf dem Frühstückstisch. Ich krame meinen Pass hervor. Mein Name hilft ihr nicht. Wir hatten doch abends die Pässe zur Anmeldung abgegeben, sie muss das doch nachschauen können. Die Gäste werden zwar registriert, aber keiner Zimmernummer zugeordnet. Ich soll warten, bis alle Mitglieder unserer Gruppe ihre Kärtchen abgegeben haben, dann bleibt ja logischerweise eines der von uns belegten Zimmer übrig.

Das geht gar nicht. Ich bin extra zwanzig Minuten früher unterwegs, möchte nach dem Verstauen des Koffers im Bauch des Busses noch gemütlich eine Zigarette rauchen, immerhin haben wir eine Strecke von 1.300 Kilometern vor uns, reisen mit zwei Fahrern, da wird es nur wenige Pausen geben.

Ich soll entweder an der Rezeption warten oder nochmal zum Zimmer gehen und nach der Nummer schauen. Im Prinzip kein Problem, aber der lange Flur, der überlastete Aufzug, denn hier reisen gerade Gäste aus fünf Bussen ab, weshalb ich den Koffer auch nicht einfach in der Halle stehen lassen kann.

Zu meinem Glück kommt Karin gerade aus dem Frühstücksraum. Sie und ihr Mann hatten das Zimmer neben meinem. Ich frage schnell nach. Nummer 150.

Klar, ich hatte die 149. Wie konnte ich das vergessen?

Kann es sein, dass ich urlaubsreif bin?

Reisen bildet

Schauen Sie Quizshows? Ich eher selten, nur mal ausschnittsweise beim abendlichen Zappen. Dabei bin ich immer wieder erstaunt, über welches Wissen manche Menschen verfügen. Wer war Fußballweltmeister 1990 und 2014? Ich wäre sofort raus.

Andere Fragen sind hingegen leicht. Qishr zum Beispiel. Das ist ein jemenitisches Nationalgetränk aus getrockneten Kaffeebohnenschalen und Ingwer, wie Tee aufgegossen. Es schmeckt so … ähm … gewöhnungsbedürftig, dass ich es nie vergessen werde. In dem Land, in dem der Kaffee ›erfunden‹ wurde, trinkt man ihn kaum, nur den Qishr.

Oder die Frage nach den Kurven des Circuit Gilles-Villeneuve in Montreal. So etwas kann man doch beantworten. Wobei ich zugeben muss, dass meine diesbezüglichen Kenntnisse auf einem Missverständnis beruhen.

Es hieß, dass man bereits am Tag vor dem offiziellen Rennbetrieb in die Boxengasse könne, wo die Teams Reifenwechsel und Tankstopps übten sowie Sitzproben und -anpassung vornahmen, bei denen alle Fahrer zugegen wären. Bei dieser Regelung gab es wohl eine Änderung, jedenfalls ließ man uns nicht hinein.

Einer der Torwächter hatte mitbekommen, woher wir kamen, freute sich, da er Verwandte in Deutschland hatte, die wir aber nicht kannten, noch nicht einmal deren Wohnort. Kanada ist zwar riesig, aber so winzig ist unser Land ja nun auch nicht. Er gab uns den Tipp (das war gerade vom Sicherheitspersonal gemeldet worden), zu einer Brücke zu laufen, dort wäre ein Zaun niedergetrampelt. »Dann einfach links die Strecke entlang.«

Wir fanden die Brücke, den defekten Zaun und liefen – in Unkenntnis des Geländes und Sichtbehinderung durch Bäume – nach links. Die Richtungsansage war wahrscheinlich vom Standort des Torwächters aus gesehen korrekt, aus unserem nicht. Rechts herum wären wir nach 300 Metern auf die Boxengasse gestoßen, so marschierten wir fast die gesamte Strecke ab. Es war nicht uninteressant, aber vier Kilometer und 14 Kurven später sahen wir nur noch zwei Fahrer, dafür viele Mechaniker, die die Boxen aufräumten und die Rollläden schlossen. Für unser Quiz bedeutet dies: 1 Kurve rechts + 14 Kurven links = 15.

Sie möchten noch mehr Fragen? Dann nennen Sie mir mal alle Sprachen in Europa. Leicht, sagen Sie und fangen ›oben‹ an: Isländisch, Finnisch, Norwegisch und arbeiten sich hinunter bis Türkisch, Griechisch, Spanisch, Italienisch. Und das war's? Leider ist damit der Millionengewinn futsch. Mmh? Nichts?

Soll ich einen Tipp geben? Da gibt es noch so ein kleines Fitzelchen ... vor Italien. Hallo! Sizilien ist kein Land! Noch etwas weiter ... mmh? Ja! Malta.

Und dort spricht man eine eigene Sprache. Schon mal gehört? Nein, nicht, dass es eine Sprache ist, das wussten Sie ja spontan, sondern wie sie klingt. Sie kennen keinen Malteser? Nein, nicht den Hund oder den Aquavit, die übrigens beide absolut nichts mit Malta zu tun haben, ich meine einen Bewohner der Insel. Die mögen es übrigens nicht, Malteser genannt zu werden; sie heißen Malteken.

Schauen Sie einfach mal in Ihrem Wörterbuch Maltesisch – Deutsch, Deutsch – Maltesisch nach. Sie haben keins? Hallo! Das ist eine europäische Sprache.

Damit Sie bei der nächsten Quizshow nicht allzu dumm dastehen, hier ein paar Beispiele:

Hello – Hallo
Il-gurnata it-tajba – guten Tag
Skuzani – Entschuldigung
Grazzi – Danke
Avukat – Rechtsanwalt
Frotta – Frucht
Pulizija – Polizei
Ma fihmtx – ich verstehe nicht
Il-kont jekk joghgbok – Zahlen bitte
Mara sabiha – schöne Frau

Was fällt Ihnen auf?

Ja! Maltesisch ist ein Gemisch aus einem arabischen Dialekt, Italienisch und Englisch mit einigen Lehnwörtern aus dem Französischen und Spanischen. Richtige Antwort. Lichtorgel. Tosender Applaus.

Der Hobbyfotograf

(Monte Carlo) Links neben mir auf der Tribüne sitzt ein absoluter Kenner. Nur vom Klang der Motoren sagt er Ausfälle voraus, die dann auch tatsächlich eintreffen. Und er fotografiert wie ein Weltmeister. Ausgerüstet mit zehn 36er Filmpackungen und einem 500er Zoom hat er bereits beim Warm-up zwei Filme durchgejubelt, einen weiteren beim Erscheinen der Fahrer zur Unterweisung im unteren Raum des gläsernen Presseturms.

Gerade kommen die Formel-1-Wagen relativ langsam an uns vorbei, um sich zum Start für die Aufwärmrunde aufzustellen. Der junge Mann knipst wie ein Wilder. Als die letzten Rennwagen um das Schwimmbad in Richtung Rascasse-Kurve verschwinden, stehen wir auf und schauen über die obere Tribünenabgrenzung. Die Grimaldis haben bereits ihre Loge bezogen. Wir sehen Fürst Rainier, Kronprinz Albert, die Prinzessinnen Caroline und Stéphanie und ihre Kinder.

Der Hobbyfotograf meint ehrfürchtig: »Wenn ich das meiner Oma erzähle …«

Ich empfehle ihm, ein Foto für die Oma zu machen.

Er blickt mich entgeistert an und brummelt: »Dafür sind mir meine Bilder zu schade.«

Unbekanntes Ziel

(Malta) Die Fahrt mit den alten englischen Schulbussen ist immer wieder ein Erlebnis. Es rattert und klappert, die Fensterscheiben klirren, die Türen klemmen, es wird hart abgebremst, die Kurven rasant genommen. Aber passieren kann Gott sei Dank nichts, denn um den Fahrer herum befinden sich mehr Heiligenbilder und Madonnenstatuen als in so mancher Kirche.

An jeder Haltestelle steigen schwarz gekleidete Personen aller Altersstufen zu. Einige tragen Kühlboxen oder große Taschen. Bald herrscht im Bus Gedränge; an einem Sonntag eher ungewöhnlich.

Am Busbahnhof in Valletta quellen auch aus anderen Linienbussen feine Leute, manche begrüßen sich, marschieren in Grüppchen in die Stadt. Da dies auch meine Richtung ist, schließe ich mich an.

Plötzlich biegen sie links in eine Gasse ab, verschwinden durch ein hohes Tor in einem Gebäude. Ich schaue mich nach Ankündigungsplakaten um, finde aber keine. Auf der Suche nach einem Hinweisschild am Eingang überlässt mir eine gerade ankommende Großfamilie mit eindeutigen Handzeichen den Vortritt. Über einige Treppenstufen und durch eine weitere Tür gelange ich in eine riesige schmucklose Halle. Links der Vorhang einer Bühne, rechts eine Galerie, an den Breitseiten Getränkeausgaben und Garderobe, im Raum – wie in einem Festzelt – lange Reihen Holztische und -bänke.

Die schon zahlreich anwesenden Besucher schwatzen, verteilen Pappteller und Besteck, breiten die mitgebrachten Speisen vor sich aus und holen sich an den Theken etwas zu trinken. Ich genehmige mir eine Cola und steige die lange Holztreppe zur Galerie hinauf. Von hier habe ich einen guten Überblick. Kinder toben durch die Halle, die Erwachsenen unterhalten sich lautstark, auch über die Reihen hinweg. Man scheint sich zu kennen.

Bin ich in eine Familienfeier geraten? Oder warten die Besucher auf etwas? Einen Gottesdienst am frühen Nachmittag? Eine Wahlrede? Kindertheater? Aber dafür nimmt man doch keine eigene Verpflegung mit.

Männer laufen jetzt durch die Reihen, kassieren, reißen von einem Block Papierchen, die sie verteilen. Also doch eine Veranstaltung, für die Eintritt zu zahlen ist. Aber warum hat man den nicht bereits am Eingang erhoben? Das wäre doch einfacher gewesen. Essensmärkchen können es nicht sein, eine Wahl kostet nichts, und für Lieder- oder Begleittexte sind die Zettel eindeutig zu klein.

Eine Durchsage, dass es in zehn Minuten losgehen wird. Aber was?

Als sich der Vorgang teilt, haben sich alle brav auf ihren Plätzen niedergelassen. Auf der Bühne sitzt ein Mann an einem Tisch, auf dem eine durchsichtige Plastikkugel thront.

Und? Haben Sie eine Ahnung, was hier gleich stattfinden wird? Bingo!

Gesunder Appetit

Lieber erwähne ich nicht, dass ich auf einer Korsikareise bei den Mittagspausen, bei denen wir aus der Bordküche des Busses verköstigt wurden, erst eine, dann eine zweite und noch eine dritte Portion Frankfurter Würstchen mit Brot, aber ohne Senf orderte. Hinterher halten Sie mich für unersättlich.

Auf dieser Fahrt machte ich übrigens die Entdeckung, dass Straßenhunde gerne Würstchen fressen, sich aber absolut nichts aus Brot oder Senf machen.

Vitamin B

Ein Mann schlendert heran, fragt, ob er sich zu mir setzen darf. Es sind zwar in dem Café in Sliema noch genügend Tische frei, aber ich bin ja höflich. Er heißt Henry, ist Engländer und wohnt seit seiner Pensionierung in Malta. »Ich habe mir eine Eigentumswohnung gekauft«, ergänzt er und bietet an, mir Valletta zu zeigen.

»Vielen Dank, ich kenne die Stadt bereits.«

»Aber ich kann dir Ecken zeigen, die nicht zum Standard-programm von Touristen gehören.«

Ich möchte nicht in seiner Wohnung landen, auch wenn es eine Eigentumswohnung ist, sage das aber nicht so deutlich. Der Dialog geht ohne Ergebnis hin und her, dann meint er: »Nach dem Stadtrundgang lade ich dich in ein typisches Lokal ein. Dort treffen sich nur Einheimische. Das wird dir gefallen.«

»Danke, nein, ich habe Abendessen im Hotel.«

»Schade, aber bis dahin kann ich dir doch noch den Hafen zeigen.«

»Dort war ich schon.«

»Kennst du den Großmeisterpalast?«

»Selbstverständlich.«

»In den Barrakka Gardens kann man jetzt schön in der Sonne sitzen.«

»Das stand gestern auf meinem Programm.«

»Was ist mit Shopping? Ich kann dir günstige Läden zeigen.«

»Kein Bedarf.«

»Woran bist du denn sonst noch interessiert? An der Kathedrale, dem Festungsmuseum?«

Bei meiner Reisevorbereitung hatte ich im Malta-Führer über das Teatru Manoel gelesen und wollte es unbedingt besichtigen. Gleich am zweiten Tag meines Aufenthaltes marschierte ich in die Old Theatre Street. Das Schild mit den Öffnungszeiten war überklebt mit dem Hinweis: ›Renovierungsarbeiten. Führungen erst wieder bei Spielbeginn im April.‹

Im Touristenbüro, das ich aufsuchte, bemühte man sich, mir zu helfen, telefonierte mehrmals, kam aber zu der gleichen Erkenntnis. Bei einer Busladung Touristen hätte man eventuell einen kurzen Besuch möglich machen können, aber für eine Einzelperson …

Ich erkundigte mich bei einem Ausflugsveranstalter. Auch dort die Auskunft: »Zur Zeit wird das Theater bei der Stadtbesichtigungstour nicht angefahren.« Wie schade.

Jetzt nutze ich die Gelegenheit. »Ich möchte das Teatru Manoel besichtigen, aber es ist momentan geschlossen.«
»Das möchtest du sehen?«
»Ja.«
»Kein Problem.«
Er steht auf, geht ins Café, telefoniert an der Theke, wie ich beobachte, legt auf, telefoniert erneut. Wieder am Tisch, meint er: »Wir müssen den nächsten Bus nehmen. Um fünf kommen wir rein.«
Ich glaube es zwar nicht, frage mich aber, wie er sich aus dieser Sackgasse herausmanövrieren will. Da ich sowieso zuerst nach Valletta muss, um in den Bus zum Hotel in Marsaskala umzusteigen, erkläre ich mich einverstanden.
In der Stadt marschiert Henry zielstrebig in Richtung Theater. Kurz vorher lotst er mich in eine enge Seitengasse. Laufen wir nun doch zu seiner Wohnung? Wäre aber Zufall, wenn sie neben dem Theater liegen würde. Wir biegen in einen zugemüllten Hinterhof ab, gelangen über eine Betontreppe zu einer verwitterten Holztür. Henry klopft. Ein Mann, wohl so eine Art Hausmeister, öffnet, und wir gehen durch dunkle Gänge … direkt auf die Bühne. Wahnsinn!
Antonio Manoel de Vilhena, der 66. Großmeister des Malteserordens, gab den Bau des Theaters 1731 in Auftrag – zur Unterhaltung der Ritter und um sie von sonstigen Betätigungen (sprich: Unsinn) abzuhalten. Im Januar 1732 fand die erste Aufführung statt, Schauspieler waren die Ritter. Das Theater wurde im Laufe der Jahre umgebaut, erweitert, zweckentfremdet zu einem Kino bzw. einem Ballsaal, während des 2. Weltkriegs als Notunterkunft für Ausgebombte genutzt. 1960 wurde der Theaterbetrieb wieder aufgenommen.

Das Besondere an diesem kleinen Kunstwerk mit gerade mal 620 Plätzen ist die ovale Form des Zuschauerraumes. Vier durchgängige Ränge mit 67 Logen ziehen sich bis zur Decke, einer blauen Kuppel mit goldenen Sternen. Lämpchen glitzern an den Trennbögen, zwischen gold gestrichenen Holzverzierungen schmücken Gemälde die Logenbalustraden.

Der Anblick des Theaterraumes ist beeindruckend. Viel schöner, als ich ihn mir vorgestellt hatte. Ich könnte stundenlang schauen, aber der Hausmeister drängt, löscht die Lichter, schließt den Vorhang, auch den eisernen, und schiebt uns zur Tür. In dem kleinen Hof räumen die Handwerker gerade ihre Gerätschaften in die Lieferwagen. Feierabend. Der Hausmeister schließt das Gebäude ab.

Mit den Einheimischen werde er nicht warm, hatte Henry erklärt. Aber zumindest verfügte er über genügend Kontakte, diese Stippvisite möglich zu machen.

Ich lehne Henrys wiederholte Essenseinladung ab, auch eine Verabredung für den folgenden Tag, bedanke mich herzlich bei ihm, drücke ihm ein Küsschen auf die Wange und eile zum Busbahnhof.

Vier Jahre später befinde ich mich auf einer Gruppenreise in Malta. Nach einigen Besichtigungspunkten setzt uns der Bus nachmittags an der Strandpromenade in Sliema ab, zwei Stunden für eigene Unternehmungen stehen zur Verfügung.

Hier hat sich wenig verändert. Ich schaue über den Strand, auf das Meer und überlege, was ich tun soll. Ich blicke zu den Straßencafés auf der anderen Seite und bemerke einen Herrn, der ebenfalls die Cafés inspiziert. Er ist alt geworden. Jetzt läuft er langsam hinüber, spricht zwei Damen an einem Tischchen an, setzt sich dazu. Ich pirsche mich näher heran und höre: »Mein Name ist Henry. Eigentlich bin ich Engländer, wohne aber seit meiner Pensionierung in Malta. Ich habe mir eine Eigentumswohnung gekauft ...«

Geschmackssache

(Korsika) Mittags kehrten wir in einem Lokal ein. Als Vorspeise gab es eine sehr, sehr leckere Fleischpastete. Die französische Bezeichnung sagte mir nichts. Das anschließend servierte Kaninchenragout war für mich etwas grenzwertig, ich mag diese Tierchen. Aber ich mag auch Schweine und Kühe und esse gerne Gulasch halb und halb.

Ich hatte die Tageskarte mitgehen lassen und fragte später einen Dolmetscher nach der köstlichen Vorspeise. Er übersetzte: »Drosselpastete.«

Ich gehe davon aus, dass sich meine Gesichtsfarbe merklich veränderte ...

Ein geselliges Hotel

(Malta) Ich hasse es, alleine zu essen. Nicht zu Hause oder in einem Fast-Food-Lokal, aber in einem Hotelrestaurant, wo sich das 4-Gänge-Menü über zwei oder mehr Stunden hinzieht. Was soll ich machen? Den Gesprächen an den Nachbartischen lauschen? Das kann durchaus interessant sein, vermittelt mir aber immer ein ungutes Gefühl. Irgendwo muss ich in den Essenspausen natürlich auch hinschauen. Beobachte ich Paare, denkt der weibliche Teil womöglich, ich wolle den Begleiter anflirten. Nehme ich den Kellner ins Visier, kommt er garantiert heran und fragt nach weiteren Wünschen. Also den Blick immer nur großflächig durch den Raum schweifen lassen. Kein leichtes Unterfangen.

Zwischen der zweiten Vorspeise und dem Hauptgang bemerke ich einen Herrn, der mich mustert. Unsere Blicke treffen sich einige Sekunden, dann observiere ich weiter den Kellner bei seiner Arbeit. Er tritt zu dem allein sitzenden Mann, nimmt eine Bestellung entgegen – und schwupps habe ich eine Flasche Wein auf dem Tisch stehen. Ich proste ihm zu und bedanke mich mit einem huldvollen Nicken. Beim Abservieren des Salattellers fragt mich der Kellner, ob sich der edle Spender zu mir setzen darf.

Es entwickelt sich ein interessantes Gespräch. Francis ist Engländer, arbeitet seit fast drei Jahren als Ingenieur an einer Bohrstelle in Libyen, mitten in der Wüste. Ein Mal im Jahr, über Weihnachten und Silvester, zahlt ihm die Firma einen Flug in die Heimat.

»Und jetzt schon wieder Urlaub?«, scherze ich, es ist ja Ende Januar.

Er komme alle drei Monate über ein verlängertes Wochenende in dieses Hotel in Marsaskala.

»Gefällt es dir so gut?«, frage ich erstaunt.

Er druckst herum. »Das ist so vereinbart. Die Firma zahlt alles.«

Er lädt mich ein, noch mit ihm in einen Club zu fahren oder an der Bar einen Drink zu nehmen …

Auch wenn es nicht der Etikette entsprechen mag, in einem feinen Restaurant die Wartezeit auf den nächsten Menügang lesend zu verbringen, habe ich jetzt immer meinen Reiseführer dabei; ein anderes Buch steht mir leider auf die Schnelle nicht zur Verfügung. Die Geschichte Maltas kenne ich mittlerweile auswendig, für die Sehenswürdigkeiten auf der Insel könnte ich Führungen anbieten. Ich weiß, dass der Urlauber seine Hunde oder Katzen mitbringen kann …

Aber über Alkohol- und Sextourismus aus Libyen stand kein Wort in dem schlauen Buch.

Auf Safari

(Krügernationalpark) Papi, wie er von seiner etwa 35 Jahre jüngeren Freundin zärtlich genannt wird, ist unser Späher. Er hat Augen wie ein Luchs, entdeckt in größter Entfernung die wackelnden Ohren eines Impalas oder das durch ein Gestrüpp schimmernde Hinterteil eines Springbocks, was ihm als Belohnung ein Küsschen von seinem Spatzi beschert.

Als wir über eine Kuppe fahren, schreit Papi: »Da vorne, direkt auf dem Weg, waren zwei Tiere. Sie sind gerade hinter dem Hügel verschwunden.«

Unser Guide grinst, gibt Gas und brettert die Piste entlang. Wir rufen ihm zu, langsam zu fahren, die Tiere nicht zu verscheuchen. Er tritt das Pedal noch weiter durch und wir schießen, nein, wir fliegen fast über die nächste Kuppe, hinter der der Jeep nach einer Vollbremsung zum Stehen kommt. Nachdem sich die Staubwolke gelegt hat, sehen wir sie: zwei Wildhüter auf Fahrrädern.

Raucher auf Reisen

Raucher leben gesund. Bei Wind und Wetter gehen sie an die frische Luft und atmen tief durch. Den Spruch kannten Sie schon? Sorry!

Die Ausgrenzung von Rauchern macht sich auch auf Reisen bemerkbar. Bei Langstreckenflügen wird der Raucher irgendwann hibbelig, möchte unbedingt wieder festen Boden unter den Füßen spüren – und einen Raucherbereich finden. In den USA – mit Ausnahme von Las Vegas und anderen Spielerparadiesen – ist das besonders schwierig. Einfach vor die Tür zu gehen, ist nicht erlaubt. Es gibt einen Mindestabstand zu

Fenstern, Türen und Klimaanlagen. In Nationalparks, also in freier Natur, ist das Rauchen grundsätzlich verboten.

Auf dem Flughafen von St. Louis hatten wir noch über drei Stunden Zeit bis zum Abflug. Dank meines geschulten Auges hatte ich das Hinweisschild rasch entdeckt und ging dem Pfeil nach – ein Stockwerk tiefer, ein weiteres. Hier unten gab es nur noch Schalter exotischer Fluggesellschaften, Reklamationsstellen, Fundbüro, einige Geschäfte und – mitten in der Halle – einen vernebelten Glaskasten. Bei der Annäherung öffnete sich eine Automatiktür. (Wie idiotisch ist das denn? Jeder Vorbeikommende löst diesen Mechanismus ungewollt aus.) An den Innenseiten des wie ein Aquarium wirkenden Aufbaus befanden sich Bänke mit jeweils vier Metallsitzen, gemütlich wie an einer Bushaltestelle. Die Absauganlage funktionierte laut und stark. Der Luftsog war so heftig, dass mir die Haare zu Berge standen.

Wenn Sie wissen wollen, in welchem Terminal Sie die Raucherecke auf dem riesigen Flughafen von Chicago finden, lesen Sie doch einfach mein Alaska-Buch. Nein, dies ist keine Eigenwerbung. Ich möchte einem armen Raucher doch nur helfen …

In Deutschland ist das Rauchen im Freien meist noch erlaubt. Allerdings hat nicht jeder Verständnis dafür …

Oberstdorf. Es ist halb sechs. Ich war den ganzen Tag unterwegs. Bevor ich zum Hotel gehe, um mich für das Abendessen zurechtzumachen, möchte ich noch einen leckeren Cappuccino trinken und gemütlich ein oder zwei Zigaretten rauchen. Die gesamte Terrasse des Kurparkcafés mit an die 100 Plätze ist frei, die auf einem schmalen Plattenpodest am Rande des Parks noch in der Sonne gelegenen Tische bis auf einen in der Mitte belegt. Unten gibt es runde Vierertische, recht eng gestellt, dort werde ich mich nicht hineinquetschen und die Nachbarn stören. Die halbe Stunde im Schatten nehme ich in Kauf, setze mich oben an einen Achtertisch. Das Heißgetränk wird serviert, ich stecke mir eine Zigarette an und lehne mich zurück. Die Aussicht, die Ruhe, der Genuss – das ist Erholung pur.

Sie kommen um die Ecke: Opa mit Hund, Oma, Mutter und zwei Mädchen, eines plärrend im Buggy. Sie lärmen auf die Terrasse, sind gerade dabei, den übernächsten Tisch zu belegen, da fällt der Blick der Mutter auf mich.

»Hier wird geraucht«, stößt sie verächtlich hervor und zerrt die Kinder wieder aus den Stühlen. Die Gruppe setzt sich in Bewegung, bewältigt die Stufen und steuert den kleinen Tisch in der Sonne an.

Jetzt malen Sie sich die Szene bitte aus, berücksichtigen Sie alle nur möglichen Klischees und eigenen Erfahrungen … und genau so ging es weiter:

Ein freier Stuhl von einem anderen Tisch wird organisiert, Buggy und Hund sind unterzubringen, die umsitzenden Gäste rücken höflich beiseite. Die Kinder sollen nicht der Sonne ausgesetzt sein, was zu dieser Tageszeit fast unmöglich ist, da sie schon sehr tief steht. Opa und Mutter versuchen, den Sonnenschirm zu verrücken, der aber fest verankert ist, damit er bei Wind kleinen Mädchen nicht auf den Kopf fällt. Der Tisch wird verschoben, die Nachbarn rücken beiseite, die Stühle werden getauscht. Die Kleine plärrt, will neben der Oma sitzen, erneut werden die Sitzplätze getauscht. Der Golden Retriever legt sich unter den Nebentisch auf die Füße der dort sitzenden Gäste. Kluges Tier.

Die Kellnerin naht.

Mutter: »Welche Kuchen haben Sie denn?«

Kellnerin: »Die müssen Sie sich im Café aussuchen.«

Mutter: »Haben Sie Rührkuchen?«

Kellnerin: »Da müssen Sie im Café fragen.«

Mutter: »Wissen Sie das nicht?«

Kellnerin: »Sie müssen im Café nachfragen. Ich weiß nicht, was um diese Zeit noch da ist.«

Mutter: »Dann hätte ich gerne eine Tasse Kaffee und … «

Kellnerin: »Draußen nur Kännchen.«

Mutter: »Dann nehme ich ein Wasser und zwei Tassen Kakao.«

Kellnerin: »Draußen nur Kännchen.«

Mutter: »Das ist zu viel für die Kinder. Ich hätte gerne zwei große Becher mit je einer halben Portion Kakao.«

Sie diskutieren eine Weile, dann gibt die Kellnerin nach. Opa nimmt ein Bier, die Oma ein Kännchen Kaffee.

Die Mutter erhebt sich. »Ich schaue nach den Kuchen.« Sie kehrt zurück. »Für uns habe ich bestellt. Mutter, du musst selbst aussuchen, es gibt so viele Sorten.«

Die Oma steht auf, steigt über die quer gespannte Hundeleine. Die Kleine plärrt, will mit der Oma gehen. Damit die Oma nicht wieder über die Leine muss, drängelt sie sich auf dem Rückweg auf der anderen Seite durch, die Nachbarn rücken zur Seite.

Die Kellnerin naht mit den Kuchentellern. Die Mutter verteilt, die Kleine plärrt, will die Torte der Oma.

Mutter: »Was ist das für eine Torte?«

Oma: »Weiß ich nicht, sah so gut aus.«

Mutter: »Ist da Alkohol drin?«

Oma: »Keine Ahnung.«

Die Kellnerin wird gerufen.

Mutter: »Ist da Alkohol drin?«

Kellnerin: »Welche Torte haben Sie denn ausgewählt?«

Oma: »Keine Ahnung.«

Kellnerin: »Da müssen Sie im Café nachfragen.«

Die Oma muss ihren Teller behalten, schmunzelt, die Kleine ihren, plärrt.

Die Kellnerin naht mit den Getränken. Die Mutter verteilt. Die Kleine will nachschauen, ob ihre Schwester mehr in ihrem Becher hat, steigt auf den Stuhl, stützt sich am Tisch ab und stößt dabei ihren Becher um. Der Kakao läuft über die Tischdecke, tropft auf den Stuhl, die Mutter reißt ihr Kind weg, die Kleine plärrt.

Die Kellnerin wird verständigt, kommt mit einem Lappen zurück, wischt.

Die Kleine plärrt schon wieder, weil sie keinen Kakao mehr hat. Die Mutter nimmt den Becher der Großen und macht aus der halben Portion zwei viertel Portionen. Jetzt plärrt die Große.

Was bin ich doch für ein glücklicher Raucher, kann mir das alles aus der Entfernung anschauen. Leider wird es allmählich ruhiger. Die Kleine ist zwar noch mit ihrem Stuhl umgekippt und plärrte, es gab eine längere Diskussion mit der Kellnerin, die begann, die Sonnenschirme zu schließen und festzuzurren, da sie in wenigen Minuten Feierabend hatte, der Opa stieg noch zwei Mal über die Hundeleine, da er vor der Schließung des Cafés sein Bier entsorgen wollte, die Mädchen tobten über den Rasen, wurden bei Annäherung an den Teich streng zurückbeordert, was sie aber irgendwie nicht hörten, worauf der Tonfall der Mutter an Strenge und Lautstärke zunahm, worauf die Kleine zurückrannte, über ihre eigenen Füße stolperte, der Länge nach hinfiel und plärrte, die Große wurde eigenhändig von der Mutter zurückgezerrt, wobei das Mädchen wie am Spieß brüllte, aber ansonsten ist nicht mehr viel passiert.

Insgesamt eine gute Vorstellung. Ein Kinobesuch hätte nicht unterhaltsamer sein können.

Wildbeobachtung

(Krügernationalpark) Löwen haben wir auf der Safari bisher nicht zu Gesicht bekommen. Das soll sich heute ändern. Um fünf Uhr morgens brechen wir auf, um mehrere Wasserstellen anzufahren. Dort beobachten wir Impalas, Zebras, einen Elefanten, zwei Hyänen und zahlreiche Warzenschweine, die mit ihren großen Köpfen und langen Hauern lustig aussehen.

Spatzi flüstert: »Sieh mal, Papi, Nashörner.«

Fanatische Fans

Das Reiseunternehmen, mit dem ich fast 20 Jahre zu Rennen gefahren bin, bot für Strecken in Europa immer verschiedene Varianten an: Fünf, vier, drei oder zwei Tage mit Flug, fünf Tage mit dem Bus von Deutschland, drei oder gar nur zwei Tage mit einer Übernachtung.

Samstagabend kommt einer dieser Busse in Santa Susanna an der Costa del Maresme nördlich von Barcelona an. Die Insassen sind groggy, fuhren Freitagnacht im Ruhrgebiet ab und haben sich, wenn ich sie mir so ansehe, die Fahrzeit schöngesoffen. Der harte Kern lässt sich nur das Zimmer zuweisen und geht gleich auf Tour. Abends treffen wir einige von ihnen in einer Disco. Zu diesem Zeitpunkt waren sie bereits kaum ansprechbar.

Sonntagmorgen fährt der Bus pünktlich vom Hotel ab. In dieser Hinsicht versteht der Veranstalter keinen Spaß. Er bietet seinen Kunden die Möglichkeit zur Teilnahme an allen Trainingsrunden, des Qualifyings und des Warm ups; wer sich nicht zur vereinbarten Zeit am Bus einfindet, muss sehen, wie er hinkommt. Das Gleiche gilt für die Rückfahrt. Sie erfolgt nicht zu einem bestimmten Zeitpunkt, sondern immer genau eine Stunde nach offiziellem Trainings- oder Rennende, da Unterbrechungen wegen Regen oder Unfällen nicht vorauszusehen sind.

In Monza hatte ich einmal einen Sitzplatz auf einer Tribüne, die, vom Parkplatz aus gesehen, genau am anderen Ende der Strecke lag. Ich brauchte fast eine Stunde, um mich durch die

Menschenmassen bis zu meinem Ziel durchzudrängen. Auf einer Skizze des Rennkurses sah ich, dass es eine Abkürzung durch eine Unterführung und den Innenbereich gab, die ich auf dem Rückmarsch benutzen wollte.

Nach dem Training lief ich sofort los. Der Tunnel war noch passierbar, der Innenraum jedoch mit Fans verstopft, von hinten drückten sie nach, so konnte ich auch nicht mehr zurück. Leider hatte die Skizze keinen Hinweis darauf gegeben, dass sich hier die Ausfahrt der Boxen befand und Tausende auf Schumacher, Ferrari-Mitarbeiter oder andere Fahrer warteten, um vielleicht einen Blick auf das kleinste Fitzelchen von ihnen in einem Transitfahrzeug zu erhaschen. Über zwei Stunden ging es weder vor- noch rückwärts.

Ich hatte mich bereits damit abgefunden, dass unser Bus abgefahren war, aber vielleicht gab es ja die Möglichkeit, von einem anderen Bus nach Mailand mitgenommen zu werden; dort konnte ich mir dann ein Taxi nehmen. Als ich nach insgesamt drei Stunden schließlich den Parkplatz erreichte, staunte ich nicht schlecht. Unser Bus stand tatsächlich noch dort. Es wird auf niemanden gewartet, lautete die Devise, aber in diesem Fall war es der Organisator der Reise selbst, der noch fehlte, und ohne ihn traute sich der angeheuerte Fahrer nicht von der Stelle.

Zurück nach Spanien. Wenige Minuten vor der Abfahrt zum Circuit de Catalunya in Montmeló erscheinen sechs Suffköppe. Wo genau sie herkommen, können sie nicht sagen, im Hotel waren sie in der Nacht jedenfalls nicht. Das trinkfreudige Grüppchen verzieht sich auf die Hinterreihen, schluckt das eine oder andere Bier, grölt noch eine Weile, dann herrscht Ruhe. Sie sind eingeschlafen. Auf dem Kurs habe ich die Ehre, neben diesen Herren auf der Haupttribüne zu sitzen. Einer erzählt mir noch, dass sie nachts Sangria aus Eimern getrunken haben ...

Ich weiß nicht, ob Sie schon einmal ein Rennen der Formel 1 live erlebt haben. Der Lärm ist schon eine Zumutung. Lärm? Was schreibe ich da? Es ist Musik für einen Motorsportfan: der Klang der mit ungezügelter Kraft aufheulenden Motoren. Ein Sound, der bei überdachten und hinten geschlossenen Tribünen bis an die Schmerzgrenze geht, da der Schall zurückhallt und sich mit der Livemelodie vereinigt.

Meine Nebenmänner schlummern selig. Gestört werde ich nur ab und zu, wenn einer kurz aufschreckt und fragt: »Wo liegt Schumacher?«, »Welche Runde?« oder »Ist das Rennen schon vorbei?«

Hard-core-Fans. Allerdings mehr von alkoholischen Getränken.

Sissi-Fan

(Durban/Südafrika) Die Männer sind frühmorgens zum Hochseefischen aufgebrochen. (Wie wir später von den um die Nase blass-grünlichen Rückkehrern erfuhren, haben sie wegen der über zwei Meter hohen Wellen aber keine Fische geangelt, sondern sie gefüttert.)

Die Damen – bis auf eine – sitzen mit Drinks am Pool und spielen Karten.

Spatzi schlendert heran.

»Was macht ihr denn?«, fragt sie.

»Wir spielen Rommé.«

»Echt? Romy? Wie Romy Schneider?«

Playboy

Man wird älter und bequemer. Ich bin bereits zur Spielmannsau gelaufen, immerhin siebzehn Kilometer hin und zurück, werde nach Einödsbach marschieren, wobei ich den Hinweg bis Birgsau immer mit dem Bus bewältige, ins Oytal gehen, aber in meinem Tempo und ohne Bergausrüstung, die für diese Ziele nicht notwendig ist.

Fauler, also ich meine bequemer bin ich insofern geworden, dass ich mir bei diesem Aufenthalt in Oberstdorf nicht eine Pension oder ein Hotel am Rande des Ortes (die sind billiger) reserviert habe, da ich befürchte, mich abends nicht mehr aufraffen zu können, durch die Straßen im Stadtkern zu bummeln, die Schaufenster der netten Geschäfte zu studieren, Musik und Gelächter aus den Lokalen zu hören, die Abendstimmung zu genießen, noch irgendwo etwas zu trinken oder ein Eis zu essen. Diesmal logiere ich in einem kleinen Hotel in der Altstadt. Das Zimmer ist beides: klein und alt, aber dafür bin ich mittendrin. Das Hotel verfügt über ein Restaurant, bietet deshalb Halbpension an.

Wortreich entschuldigt sich die Chefin. Da sie heute Abend eine Großgesellschaft bewirten, bleibt für die Hausgäste nur ein eingeschränkter Bereich, ich bekomme nicht meinen Einzeltisch. Kein Problem. Dass sie aber einen jungen Mann zu mir setzt, bringt mich ins Grübeln. Worüber soll ich mich mit ihm unterhalten? Hat er Interesse an dem üblichen Urlauber-Smalltalk über Zimmer, Wetterlage, Wettervorhersage?

Schweigend löffeln wir unsere Suppe. Da das Personal mit der Gruppe vollauf beschäftigt ist, verzögert sich der Hauptgang. Ich frage mein Gegenüber, ob er schon bei der Heini-Klopfer-Schanze und am Freibergsee war, im Wilden Männle, wo ein Mal in der Woche ein hervorragender Hirschbraten angeboten wird, im Café Windbeutel oder in der Gaststätte eine

Querstraße entfernt mit der köstlichen Pilzpfanne und dem süffigen Salvator.

Nein, er ist gerade angekommen und wird den Ort am nächsten Tag wieder verlassen.

»Warum das?«, frage ich entsetzt.

Er erzählt von der geplanten Tour, der Alpenüberquerung auf dem E5 von Oberstdorf nach Meran. Beeindruckend! Meran kenne ich, aber dass man vom Allgäu aus dorthin laufen kann, ist mir neu. Er beschreibt die Route: zehn Tage, Übernachtung in Hütten, insgesamt über 4.000 Meter Aufstieg, Gepäck und Ausrüstung sind im Rucksack mitzuführen.

Sehr interessant. Der Hauptgang kann ruhig noch länger auf sich warten lassen. Ich stelle Zwischenfragen. Ungefähr 160 Kilometer werden bewältigt. Der Europäische Fernwanderweg Nr. 5 verläuft von der Bretagne bis Verona, aber der Abschnitt Oberstdorf – Meran bzw. Oberstdorf – Bozen ist der beliebteste. Von Deutschland quer durch Österreich bis Italien. Eine geniale Unternehmung, aber bei meiner Trittunsicherheit, Höhenangst und miesen Kondition absolut nichts für mich.

Nach dem Genuss der Schweinemedaillons in Pfefferrahmsoße mit Rösti und Brokkoli warten wir auf den Nachtisch. Nun fragt er nach meinen Bergaktivitäten. Nebelhorn- oder Fellhorn-Aufstieg mit den Bergbahnen, das sind keine Ruhmestaten. Dass ich bis zur Spielmannsau laufe, die 17-Kilometer-Wanderung, mit einem Anstieg von gerade mal 150 Metern, beeindruckt sicher auch nicht, da dieser Berggasthof der Ausgangspunkt der E5-Route ist. Dort marschieren die alpinen Wanderer ja erst richtig los, ich hingegen lege eine Rast ein, bevor ich den Rückweg antrete. So bleibe ich sehr allgemein in meinen Ausführungen, dass ich die Berge liebe, also mehr den Anblick von unten. Aber beschreibt das meine wahre Unternehmungslust? Absolut nicht. Ich muss also ein wenig angeben und sage: »Ich habe einen Teddybären, der das Matterhorn bestiegen hat.«

Er schaut mich an, als wäre ich gerade mit einem Paraglider am Tisch gelandet.

Ich berichte, wie ich Playboy, so heißt der Bär, per Post an einen Schweizer Studenten geschickt hatte, der sich mit dem Exkursionsangebot sein Berghobby finanzierte. Zusammen mit seiner fotografierenden Partnerin, meinem Playboy, zwei weiteren Bären, einer Stoffkuh aus Basel und einem Plüschschaf aus Stuttgart fuhren sie nach Zermatt, akklimatisierten sich und warteten auf gutes Wetter, bevor sie am 31. Juli 2007 morgens um vier den Aufstieg über den Hörnligrat in Angriff nahmen.

Mein Gegenüber ist verunsichert. Nach einigen Minuten der Stille formuliert er eine Frage: »Und mit dem Matterhorn, das war echt?«

Ich bestätige, dass ich über 100 Fotos von der Tour besitze, die Playboy auf eine CD gebrannt mit nach Hause brachte, dazu ein Erinnerungsalbum mit ausgewählten Bildern und einer detaillierten Beschreibung, wo und wann sie aufgebrochen sind und den Gipfel erreichten. Mit den entsprechenden Beweisfotos.

Der junge Mann ist weiterhin skeptisch. »Und dieser Playboy, das ist ein Teddybär?«

»Ja, einer von vielen aus meiner Sammlung.«

»Und warum haben Sie das gemacht?«

»Ich liebe das Matterhorn, also seinen Anblick. Ich kann selbst so etwas Tolles nicht unternehmen, der Bär schon. Ich habe es ihm ermöglicht und auch irgendwie miterlebt, erhielt eine E-Mail, kurz bevor sie aufbrachen, eine weitere, als sie wieder gesund und munter zu Hause ankamen. Playboy erholte sich noch drei Wochen von den Strapazen bei dem Studenten, sie stellten das Erinnerungsalbum zusammen ... und ich habe geweint vor Freude und Erleichterung, als ich den Teddybären bei seiner Rückkehr aus dem Karton befreite.«

Stille.

»Dass es so etwas gibt«, murmelt er.

Ich beschreibe ihm weitere Aktivitäten, die derzeit in der Bärenszene angeboten werden: Aufenthalte auf einer Wellness-Farm, Städtebesichtigungen in Berlin, Hamburg, Frankfurt und München mit Besuch des Hofbräuhauses, usw.

»Und warum dieser Teddy?«, fragt er.

Ich bin mir nicht sicher, ob ich ihm die Wahrheit sagen soll, wirke wahrscheinlich jetzt schon ziemlich gaga. Egal, ich lasse es darauf ankommen: »Playboy hat im April 1999 schon einmal seinen Mut bewiesen. Er stürzte sich aus 1.400 Meter Höhe in einem Tandemsprung aus einem Sportflugzeug und ist mit seinem Partner sicher gelandet. Ich verfüge über ein Zertifikat und auch Bilder.«

Plötzlich hat es der junge Mann eilig. Er muss seinen Rucksack noch umpacken und schlafen, da ihm harte Tage bevorstehen.

Ich grinse noch eine Weile vor mich hin. Ob er mir geglaubt hat?

Am folgenden Morgen sitze ich wieder an meinem Katzentisch neben der Garderobe. Auf einmal sehe ich meinen neuen Freund, der mit der Chefin spricht, die kurz darauf an meinen Tisch tritt. »Herr Biel möchte sich zu Ihnen setzen. Ist Ihnen das recht?«

Selbstverständlich.

Er hat in der Nacht nicht viel geschlafen, hatte Zeit zum Nachdenken – aber nicht über seine anstehende Tour. Er erkundigt sich, was Playboys Abenteuer gekostet haben. Der Fallschirmsprung war wirklich günstig, für die Besteigung des Matterhorns hingegen hätte ich selbst einen mehrtägigen Urlaub in der Schweiz machen können. Er ist beeindruckt, denkt lange nach.

»Wissen Sie«, meint er dann, »außer dem Bergsteigen habe ich noch ein Hobby: Wildwasserfahren. Vielleicht würde das

Playboy auch Spaß machen. Ich könnte von den Kameraden auch Fotos schießen lassen.«

Wir malen es uns aus: Der Teddybär in einer extra für ihn angefertigten Schwimmweste, einem Neoprenanzug oder mit einem Rettungsring um den Leib – und können uns kaum halten vor Lachen.

Durchgeführt wurde die Unternehmung nicht. Schade eigentlich.

Peepshow

Es piept. Der Herr hat noch Münzen in der Tasche. Beim nächsten Passagier piept es, weil die Hose von einem Gürtel mit Metallschnalle gehalten wird. Einer trägt Schuhe mit Stahlverstärkung, ein anderer Jeans mit Nieten.

Zufällig bin ich heute ›clean‹, gekleidet mit einem Sweatshirt, einer Hose mit Knopfverschluss und Turnschuhen. Als ich durch den Kasten der Fluggastkontrolle schreite, bleibt es ruhig.

Höchst verdächtig!

Ich werde außen herum geleitet, muss nochmals durch den Metalldetektor laufen. Kein Pieps. Das wohl sehr sensibel eingestellte Gerät wird von mehreren Mitarbeitern gecheckt, die Lämpchen ein- und ausgeschaltet, einer geht selbst durch. Bei ihm piept's.

Auch bei meinem dritten Durchlauf kein Ton. Von oben bis unten, hinten und vorne, rechts und links scannen sie mich mit einer Handsonde ab. Auch diese bleibt stumm. Die Herren diskutieren noch eine Weile, dann darf ich mich entfernen.

Sollte ich es einmal eilig haben, einen Anschlussflug zu erreichen, muss ich unbedingt daran denken, zur Beschleunigung der Abfertigung ein paar Münzen in die Hosentasche zu stecken.

Blong

Wir leben mit einem Schwein zusammen. Damit meine ich keinen Partner, der sich nie wäscht, beim Essen schmatzt und kleckert, obwohl … genau das macht unser Minischwein. Die kleine Sau soll keine Kunststücke vorführen, sondern glücklich leben.

Ihre Lieblingsbeschäftigung ist Fressen. Sie trinkt nie, nimmt Flüssigkeit über die Nahrung auf: Salat, Äpfel, Trauben, in Wasser aufgequollene Kleie. Trotzdem fülle ich immer den Trog, denn im Hochsommer kühlt sie darin gerne ihre Schnauze. Damit er nicht kippt, steht der Steintrog auf einer Bodenplatte. Wenn die Kleine mich hört, schiebt sie den Trog über die Platte oder hebelt ihn hoch, so dass er mit einem Blong auf den festen Untergrund zurückfällt. Dann hole ich die Gießkanne und fülle Wasser auf. Bei dieser Gelegenheit stecke ich ihr immer ein Leckerli ins Mäulchen. Andere Familienmitglieder können sich stundenlang im Garten aufhalten, sie rührt den Trog nicht an. Nahe ich, ertönt das Blong. Ich gieße Wasser nach, gebe ihr ein Stück Apfel … Geschmatze … Blong.

Wir betreiben mit der kleinen Sau kein Klickertraining, aber sie mit mir ein Blongtraining. Dressur umgekehrt.

Grunz! Jetzt hat sich doch tatsächlich eine Tiergeschichte in die Reisegeschichten eingeschlichen. Gut, dass ich das gleich bemerkt habe. Aber ich lasse sie erst einmal stehen. Vielleicht brauchen Sie sie ja noch als Grundlage, um eine andere, eine wirkliche Reisestory zu verstehen.

Eine Kuh kommt selten allein

Erinnern Sie sich an das geniale Cover? Ich gehe jetzt einmal davon aus, dass Sie ›Die Kuh macht mich berühmt‹ gelesen haben. Bei dem Titel des Buches musste selbstverständlich eine Kuh auf den Buchdeckel. Ich hatte eine genaue Vorstellung von ihrem Aussehen. Nicht die schwarz-weißen Exemplare, die hier über die Weiden traben, sondern eine braune Kuh. Im Internet kann man Fotos kaufen, aber da ich keine Erfahrung damit hatte, war mir das Risiko zu hoch, bei falschem Gebrauch Urheberrechte oder andere damit zusammenhängende Rechte zu verletzen und zur Kasse gebeten zu werden. Mit einem eigenen Foto war ich auf der sicheren Seite. Da ich sowieso ein paar Tage ins Allgäu fahren wollte, konnte ich ja dort eine Kuh ablichten. (Ob der Besitzer des Motivs Rechte an dem Bild hat, wollte und will ich nicht wissen.)

Ein genialer Plan, aber nicht so einfach umzusetzen. Der Großteil des Viehs befand sich zu dieser Jahreszeit auf den umliegenden Almen. Die wenigen Kühe rund um Oberstdorf entsprachen nicht meiner Vorstellung. Aber ich erinnerte mich an eine riesige Weide mit Kühen an dem Fußweg kurz vor der Ortschaft Fischen. Ich marschierte los, fand die Einzäunung und erblickte … eine Herde Alpakas. Es können auch Lamas gewesen sein, jedenfalls nicht die Tiere, die ich erhofft hatte.

Da ich nun schon in Fischen bin, kann ich einen kleinen Umweg machen und über die Schöllanger Burgkirche und Rubi zurückgehen. Ein schöner Weg, also landschaftlich. Als ich unterhalb der Kirche aus dem Wald trete, habe ich keinen Blick für die grandiose Silhouette der Alpen, denn ich entdecke … Kühe. Jede Menge. Der Wahnsinn!

Auf am Wegesrand aufgestapelten Baumstämmen circa fünfzig Meter vor meinem Ziel macht eine Gruppe Wanderer Rast. Als ich mich nähere, entbieten sie ein fröhliches »Grüß Gott«.

»Guten Tag«, erwidere ich und eile weiter zu meinen Foto-
motiven. Die Herde grast, trottet, liegt oder wiederkäut auf
einem sanften Hanggelände, ich muss den Blick leicht nach
oben richten. Dass die Kühe nicht frei laufen, ist mir sehr
willkommen, der Zaun zwischen meiner Linse und den Tieren
weniger. Ich steige durch die Regenabflussrinne neben dem
Weg, schmiege mich an die Böschung und bringe die Kamera
zwischen den Stacheldrahtreihen in Anschlag.

So weit, so gut. Leider verhalten sich die Kühe nicht wie pro-
fessionelle Models. Manche schauen von mir weg, andere
halten stetig den Kopf gesenkt, wieder andere bewegen sich.
Dort rechts, die ist ideal. Aber zu schräg von meinem Blick-
punkt. Ich rappele mich auf, gehe zehn Meter den Weg zurück,
lehne mich wieder bäuchlings an die Böschung, schaue durch
den Sucher … und plumps legt sich mein Motiv hin und dreht
den Kopf weg. Daneben steht ein fotogenes Exemplar. Nein, es
sind zwei, eine dicht dahinter. Vom Prinzip her keine schlechte
Pose, aber so, wie ich es sehe, eine Kuh im Profil mit verstärk-
tem Hinterteil und acht Beinen. Unmöglich. Ich tigere den Weg
entlang. Da! Bis ich wieder meine Position eingenommen habe,
ist die Kuh weitermarschiert und taucht in einer Gruppe unter.
Ist es denn so schwierig, eine einzelne, eine frei stehende Kuh
anzutreffen? Ich laufe vor, ich laufe zurück, steige über den
Wassergraben, spähe durch den Zaun.

Von den Baumstämmen her höre ich ab und zu Gelächter.
Ob die Wanderer sich über mich amüsieren? Eine Städterin, die
alle möglichen Verrenkungen vollführt, um eine simple Kuh
aufzunehmen. Mir ist es egal, ich will endlich das gewünschte
Superfoto schießen. Ich beginne, ruhig auf die Kühe einzure-
den, vielleicht wird ja eine neugierig und kommt auf mich zu.
Pustekuchen. Ich rupfe Grasbüschel und schwenke sie. ›Was
will die von uns‹, denken die Kühe wohl, ›wir stehen doch
mitten im Paradies. Was soll das Futter und die Störung?‹ Ich

habe sogar den Eindruck, dass sie sich langsam den Hang hinauf zurückziehen.

Schwatzend kommen die Wanderer heran. Auf meiner Höhe verstummen sie. Einer sagt: »Schöne Viecher«, worauf alle loskichern. Ich bin so im Motivwahn, dass ich nicht reagiere. Doch, irgendwie schon, denn ich betrachte die Tiere genauer. Schön sind sie auf keinen Fall. Teils sehr ausgemergelt, mit hervorstehenden Knochen, teils recht klein. Ist das hier Altenheim und Kindergarten zugleich? Tiere, die im Sommer nicht auf die Almen getrieben werden? Gut möglich.

Soll ich es doch noch einmal in Oberstdorf versuchen? Am Abend zuvor hatte ich in der Stadt gewartet, bis die wenigen im Tal verbliebenen Kühe auf dem Nachhauseweg in ihre Ställe durch die Straßen trotteten. Aber dort gab es Häuser im Hintergrund oder Verkaufsstände mit T-Shirts, Taschen oder Anoraks mit auffälligen SALE-Schildern. Das wollte ich auf keinen Fall. Kann ich die Störfaktoren mit einem Bildbearbeitungsprogramm entfernen? Wohl eher nicht. Also bemühe ich mich weiter um meine Herde, laufe vor und zurück, schaue, locke …

Endlich entfernt sich ein Tier aus einer Gruppe, steht alleine. Jetzt! Ich begebe mich in Position, schalte den Foto ein, gehe auf Automatik, halte den Apparat durch den Zaun, rupfe einige die Sicht behindernde Grastängel weg. Sie ist noch da! Mit erhobenem Kopf. Schnell, schnell! Ich blicke durch den Sucher … Na herzlichen Dank. Nicht nur der Kopf ist jetzt erhoben, auch der Schwanz. Sie strullert. Trotzdem drücke ich ab – und muss lachen. Die Kuh hat mir eindeutig gezeigt, was sie von meinen Bemühungen hält. Aber sie muss ja irgendwann fertig werden mit ihrem Geschäft, dann bekomme ich doch noch mein Bild. Kaum ist der Strom versiegt, marschiert sie davon, von mir abgewandt. Spontan beschließe ich, genau dieses Foto zu verwenden, wenn es etwas geworden ist. (Es wurde von einem

Profi bearbeitet, aber nur insofern, dass der Strahl zu einem Wasserfall verstärkt wurde. Großartig!)

Circa sechzig Fotos habe ich gemacht. Zufrieden packe ich die Kamera weg und laufe weiter. Die Wandergruppe ist nicht mehr zu sehen. Aber zwei Männer stehen noch in der Senke an einem Holzpferch. Was gibt es dort so Interessantes, dass sie zurückgeblieben sind? Vielleicht Kälbchen? Ich bemerke, dass die beiden immer wieder zu mir schauen, auf mich zu warten scheinen.

Ich lehne mich neben ihnen an den Zaun und betrachte die Öde. Von der einstigen Weide ist nicht das kleinste grüne Fitzelchen verblieben, die eingezäunte Fläche besteht ausschließlich aus Matsch, in dem drei halbwüchsige Schweine herumtollen, drei schlammfarbene Schweine, drei glückliche Schweine.

»Diese Viecher müssen Sie fotografieren«, bricht einer der Herren das Schweigen.

»Das ist nicht nötig. So etwas habe ich zu Hause«, entgegne ich.

Ohne ein weiteres Wort schultern sie die Rucksäcke und folgen ihrer Gruppe.

In letzter Minute

»Was bringt ein Streik, wenn kaum jemand die negativen Auswirkungen zu spüren bekommt?«, sagten sich die französischen Bahnangestellten und begingen ihn in der Woche des Formel-1-Spektakels in Monaco.

Da der Grand-Prix-Besucher ein Hotel in Monte Carlo nicht nur drei Jahre im Voraus buchen, sondern wahrscheinlich über diesen Zeitraum auch sparen muss, um es sich leisten zu können, logieren die Fans in Hotels oder auf Campingplätzen entlang der Côte d'Azur in Menton, Nizza, Antibes, Cannes oder Fréjus und fahren mit dem Zug zum Ort des Geschehens. Der Streik sollte zwar am Sonntag kurz vor Rennbeginn enden, aber diese Angabe war unserem Reiseveranstalter zu vage. Er organisierte auch für diesen Tag den Transfer durch ein privates Busunternehmen, was er mit einem Aushang in unserem Hotel in Nizza bekannt gab.

Bereits um acht fuhren wir los. In Monte Carlo suchte ich den Zugang zur Tribüne M, der etwas versteckt lag und durch Gestängekonstruktionen und über Metalltreppen führte. Die recht kleine Tribüne vor der Schwimmbadkurve verfügte nicht über Hartschalensitze, wie sonst üblich, sondern über schmale Holzbalken mit farblicher Markierung der Platznummer und -begrenzung. Alles sehr eng und nicht gerade bequem. Deshalb war ich froh, dass der Platz neben mir frei blieb, ich etwas schräg sitzen und meinen Rucksack neben den Füßen unterbringen konnte, denn alles, was unter dem Balken hinten durchrutschte, verschwand auf Nimmerwiedersehen im Gestänge des Tribünenunterbaus.

Das Vorprogramm erlebte ich noch recht komfortabel, dann, in letzter Minute, drängte sich ein Mann durch die Reihe und nahm neben mir Platz.

»Gerade noch geschafft«, begrüßte ich ihn, doch er blieb stumm, gehörte wohl nicht zu unserer deutschen Gruppe. Völlig emotionslos verfolgte er das Rennen und blieb alleine zurück, als wir uns zwei Stunden später auf den Weg zum Bus machten.

Am Montag bummele ich ein letztes Mal durch Nizza, setze mich dann bis zur Abholung für den Flughafentransfer in ein Straßencafé in der Nähe des Hotels. Wenig später kommt mein Sitznachbar vom Rennen vorbei, grinst, als er mich sieht, und tritt an meinen Tisch.

»Darf ich?«, fragt er.

Einträchtig nebeneinandersitzend beobachten wir die Passanten.

»Waren Sie gestern auch bei der Formel 1 in Monaco?«, beginnt er ein Gespräch.

»Ja«, antworte ich und bin mir nicht sicher, ob er mich veräppeln will.

»Das war ja ein Ding mit dem Streik«, merkt er an.

»Stimmt. Unser Reiseveranstalter hat extra einen Bus organisiert.«

Er lacht. »Das weiß ich. Ich habe den Aushang gelesen. Wir waren im selben Hotel. Daher kenne ich Sie doch.«

Peinlich. Im Hotel war er mir nicht aufgefallen.

»Acht Uhr war mir zu früh«, spricht er weiter. »Ich habe ausgeschlafen und bin dann zum Bahnhof gegangen. Bestimmt 500 Leute warteten auf dem Bahnsteig. Obwohl ich zum Zugende gerannt bin, als er endlich einfuhr, herrschte unheimliches Gedränge. Ich hatte gerade die Stufen erklommen, da packte mich ein junger Mann an der Schulter und rief: ›Der Typ da hat Ihnen das Portemonnaie geklaut!‹ Er deutete auf einen sich entfernenden Mann auf dem Bahnsteig. Tatsächlich, meine Geldbörse war weg. Ich also wieder raus aus dem Zug, was bei der nachschiebenden Menge nicht einfach war.«

Ich fiebere mit. »Und? Haben Sie ihn erwischt?«

»Es war natürlich auch möglich, dass mir der junge Mann die Geldbörse entwendet hatte und mich mit der Beschuldigung eines Unbeteiligten nur ablenken und loswerden wollte. Viel Zeit für Überlegungen blieb nicht, ich beschloss, dem Kerl auf dem Bahnsteig zu folgen. Als er mich bemerkte, rannte er los. Ich habe ihn eingeholt und am Arm festgehalten. Er wehrte sich und schrie mich an, da wurden einige der postierten Polizisten auf uns aufmerksam und kamen heran. Sie führten uns in eine Art Wartesaal, wo der Dieb freiwillig mein Portemonnaie mit meinem Personalausweis und der unersetzlichen Eintrittskarte zum Grand Prix herausgab. Englisch konnten oder wollten die Polizisten nicht verstehen oder sie hatten keine Lust auf Papierkram, jedenfalls händigten sie mir meine Sachen aus und ich durfte gehen. – Der Zug war weg, der nächste noch voller. Ich habe es gerade noch kurz vor dem Start auf meinen Platz geschafft.«

Jetzt verstehe ich, warum er so abgehetzt angekommen war und nicht auf meinen Kommentar dazu reagiert hatte. Nach dieser Aufregung musste er erst einmal wieder zu sich kommen.

»Es war gar nicht so einfach, den Zugang zur Tribüne M zu finden«, fährt er fort und sieht mich jetzt direkt an. »Wo haben Sie denn beim Rennen gesessen?«

»Neben Ihnen.«

Mein Albtraum

Meine Mutter packte stundenlang Koffer, wurde nie fertig damit, geriet in Zeitnot, in Panik, denn der Zug wartete nicht. Das war ihr Standardalbtraum.

Meiner gestaltete sich ganz anders: Durchgänge, Gassen, Felsschluchten, Mauern, die immer enger zuliefen, bis es kein Weiterkommen, auch kein Zurück gab. Über Jahrzehnte quälte ich mich mit diesem Traum herum. Nach dem tieferen Sinn, einer Deutung habe ich nie gesucht, diese nächtlichen Ängste waren einfach ein Teil meines Lebens.

Heute werden wir in Kappadokien eine unterirdische Stadt besichtigen. Das klingt spannend. Der Reiseleiter mahnt, dass Personen mit klaustrophobischen Neigungen den Besuch auslassen sollen, es sei teilweise sehr niedrig und eng, zudem ›Einbahnstraße‹, man könne nicht zurück. Beleibten wird ebenfalls abgeraten; es ist schon mal jemand steckengeblieben, der in einer größeren Rettungsaktion geborgen werden musste.

Ich habe keine Bedenken, bin zwar sehr groß, aber damals noch schlank. Los geht's.

Im ersten unterirdischen hallenartigen Raum weitere Mahnungen und natürlich eine Erklärung zu der Anlage selbst. Weiter geht es, Gänge entlang, Treppen hinunter. In Räumen, in denen ich gerade so noch aufrecht stehen kann, erfahren wir weitere Details. Die Gänge werden schmaler, die Räume niedriger. Mist! Eine Woche lang hatte ich Jeans getragen und ausgerechnet heute, wo nur zwei Besichtigungen und eine längere Busfahrt auf dem Programm standen und große Hitze angesagt worden war, einen Rock. Jetzt sind die Gänge so niedrig, dass ich nicht mehr gebückt laufen kann. Auf den Knien durchrutschen geht zwar, aber der lange Rock ist hinderlich. Ich könnte den Stoff raffen und in den Bund stecken, dabei dem Folgenden meinen Slip und Hintern präsentieren; das geht gar nicht. Also nehme ich den Stoff vorne zusammen, platziere den Wust zwischen den Oberschenkeln und bewege mich, den Kopf nach unten geneigt, im Entengang vorwärts. Sehr anstrengend, zumal sich alle vier oder fünf Meter eine höhere Stelle auftut, wo man wieder gebückt laufen kann, bevor es watschelnd weitergeht. Dann wird es eng, ich muss mich aufrecht durchquetschen. Der nächste niedere Gang …

Angst habe ich keine, aber die Belastung der Waden- und Oberschenkelmuskulatur ist enorm. Fünf Stockwerke tief geht es in die Erde. Irgendwann, so nach zwei Stunden, sind wir wieder draußen. Aufrichten. Durchatmen. Alles gut.

Nach der Mittagspause kommen wir zu einer Schlucht mit den Resten einer Kirche auf der Talsohle, zu der man 400 Stufen hinabsteigen muss. Außer mir will sich niemand mehr bewegen. Es wird eine nur kurze Rast beschlossen – ich soll mich beeilen. Unten bin ich schnell, obwohl die Naturstufen unterschiedliche Höhen aufweisen. Beim Erklimmen der Treppen macht sich dann allerdings die sportliche Betätigung vom

Vormittag bemerkbar. Die Beine wollen nicht mehr so richtig. Aber ich schaffe es in der vorgegebenen Zeit.

Dass ich am nächsten Morgen vor Muskelkater kaum aus dem Bett kam, mir zwei Tage lang einen Stuhl ins Badezimmer schieben musste, auf den ich mich stützen konnte, um von der Toilette aufzustehen, dass ich mich im Bus beim Einsteigen einfacher am Türgestänge hochziehen, als einen Fuß heben konnte, das war alles nicht schlimm. Ich nahm es gerne in Kauf, denn mein Albtraum kehrte nie wieder. Ich hatte ihn ja in der unterirdischen Stadt wahrhaftig erlebt.

Schlechtwetterprogramm

Meine Großeltern verbrachten zahlreiche Urlaube in Oberstdorf, später meine Eltern. Ich war mit drei Jahren zum ersten Mal dort, seitdem wohl knapp zwanzig Mal. Ich kenne jeden Weg, See, Stein und Baum persönlich.

Was das Wetter betrifft, war es nicht immer schön. In einem Jahr hatten meine Eltern eine Ferienwohnung gemietet, ich besuchte sie für eine Woche. Es regnete die ganze Zeit. Nein, natürlich nicht, das ist untertrieben, manchmal hat es sogar geschüttet.

Was tun? Morgens holte ich mit Schirm Brötchen, nachmittags mein Vater mit Schirm Kuchen, abends gingen wir alle mit Schirm zum Essen und kurzem Schaufensterbummel. Zwischendurch spielten wir Karten. Sehr erholsam, aber auf die Dauer langweilig und unbefriedigend.

Einmal sahen wir ein Plakat mit der Ankündigung eines Eishockeyspiels. Eine willkommene Abwechslung. In der Eissporthalle waren wir schon oft, sahen beim Training der Eiskunstlaufstars oder dem Publikumslauf zu. Normalerweise verweilten wir nicht allzu viele Stunden in dem Gebäude, da es darin immer recht kühl ist, aber in diesem Jahr gab es keinen nennenswerten Temperaturunterschied. Und in der Halle war es sogar trocken. Wir liehen uns von der Hausbesitzerin Sitzkissen und Decken, dann ging es los.

Faszinierend, so etwas einmal live zu erleben. Die Schnelligkeit, mit der die Spieler über das Eis schossen; die Geräusche der Kufen, die die Eisfläche aufkratzten; der Puck, der an die Bande donnerte; die dröhnende Musik, die jedes Gespräch vereitelte; die Gerangel der Spieler, die in einer Strafzeit auf der Bank endeten; das Gebimmel der Kuhglocken, die bei rasanten Manövern geläutet wurden; die Oma, die lautstark von der ersten Minute bis weit über die Spielzeit hinaus den Schiedsrichter beschimpfte ... Grandios!

Seit diesem Erlebnis war ich bei jedem Herbstaufenthalt im Allgäu bei Eishockeyspielen zugegen – die Oma auch.

Einundzwanzig

Beim ersten Frühstück in Kairo trafen und fanden wir uns: Sechs sehr unterschiedliche Menschen, die innerhalb von Minuten Kameraden, Freunde, man kann fast sagen zu einer Familie wurden. Wir waren immer zusammen, verspätete sich einer, machten sich die anderen Sorgen. Wir charterten für einen Nachmittag eine Feluka und segelten auf dem Nil bzw. ließen segeln. In jeder noch so kurzen Pause hockten wir zusammen, suchten uns abends in dem jeweiligen Hotel einen Platz, in der Halle, der Bar oder auf der Terrasse, und plauderten.

Günther erzählte unter anderem von seinem kürzlichen Umzug, von der noch schmucklosen Wohnung und seinem Wunsch, sie ägyptisch zu dekorieren. Die steinernen Mumienfigürchen (Uschebtis), Grabbeigaben oder Erinnerungsstücke an den Verstorbenen, hatten es ihm besonders angetan. Mein Geschmack wäre das nicht, aber selbstverständlich halfen wir alle bei der Suche. In Luxor fanden wir gleich drei Antiquitätengeschäfte, die Uschebtis anboten, eines sogar mehrere Kisten. Günther lief zwischen den Läden hin und her, betrachtete jede einzelne Statue, wählte aus, verwarf die Auswahl, suchte weiter, verhandelte ... Uns wurde das bald langweilig, so streiften wir durch den Bazar, schauten uns das Verkaufsangebot an und entdeckten dabei ein eingeschweißtes Päckchen Spielkarten, das wir für wenig Geld kauften.

Am Abend enthüllen wir unsere Beute. Die Zusammenstellung ist ungewöhnlich. Alle Karten, auch Karo und Herz, sind schwarz gedruckt. Außerdem ging mit der Sortierung etwas schief. Es gibt zwar vier Buben, aber alle in schwarzem Herz, alle Damen in Pik. Wir überlegen und kommen zu dem Schluss, dass wir damit nur Siebzehn und Vier spielen können.

Jeder kennt dieses Spiel. Auch die genauen Regeln? Bei 21 hat man gewonnen, darüber sind wir uns einig. Ansonsten möglichst nah an diese Zahl herankommen. Welche Werte haben eigentlich Buben, Damen und Könige? Einer behauptet 4, ein anderer 10. Was zählt das Ass? 1 oder 11 oder nach Wahl? Günther behauptet 11, aber wenn man zwei Asse hat, bei anderen Kartenspielen ein Bombenblatt, sind das 22 und somit das Aus. Dass in diesem Fall ein Ass 11, das zweite 1 zählt, ist eher unwahrscheinlich.

Wie gesagt, niemand kennt die exakten Regeln, dafür kennt sie aber jeder besser, wenn einer einen Vorschlag vorbringt. Wann erfolgt der Einsatz? Wenn man an der Reihe ist oder am Ende der Austeilrunde? Darf man mehr als die Bank setzen? Muss die Bank mit einem Spieler mitziehen? Wir legen ein paar Grundregeln fest und beschließen, es einmal zu probieren.

Wir trauen uns nicht, Münzen in der Hotelhalle auf den Tisch zu legen, Streichhölzer hat keiner dabei, eine Strichliste auf Papier führen ist mühsam. Edith hat die rettende Idee: Ihre zum Verteilen an Kinder eingepackten Bonbons. Es sieht lustig aus, vor jedem Spieler zwanzig bunte Bonbons, in der Tischmitte ein vom Kellner geborgtes Serviertablett mit den Einsätzen bzw. den Bonbons der Bank.

Wir spielen ein wildes Gemisch aus Siebzehn und Vier und Poker, stoßen auf neue Fragen: Wann wechselt der Bankhalter und wer übernimmt? Der Reihe nach oder der Mehrheitsbonbonbesitzer? Kann er das ablehnen? Ich tue es einfach. Soll mir jemand das Gegenteil beweisen. Die Karten werden angesehen, es wird nachgekauft. Kostet das eigentlich was? Flüche ertönen, großes Aufdecken. Wer gewinnt, wenn Bank und Spieler die gleiche Punktzahl unter 21 erreichen? Neue Richtlinien werden ausgearbeitet. Schon geht's weiter.

Es wurde an diesem Abend viel gelacht. Leider hat das Kartenspiel lange nicht mehr so viel Spaß gemacht, nachdem wir uns auf eine feste Regel geeinigt hatten.

Raucher sind gefährdet

Vor dem Hauptbahnhof in Essen tummeln sich zahlreiche Gestalten, die eher nicht zu den Besserverdienern gehören. Ich friemele eine Zigarette aus der locker über die Schulter gehängten Handtasche, stecke sie an und sondiere die Lage. Der Aschenbecher steht direkt am Eingang, auf der anderen Seite des Abfallbehälters eine junge Frau, die sich gerade umwendet. Sie raucht nicht, wartet wahrscheinlich, wie viele andere hier, auf jemanden.

Links von mir lehnt an einem Pfosten ein Mann, der mich zu beobachten scheint. Sein Interesse besteht wohl eher an meinem Gepäck. Ich schaue ihn direkt an, er blickt weg, rechts an mir vorbei und nickt. Ich wende mich rasch um und bekomme gerade noch mit, wie die junge Frau am Aschenbecher den Kopf in eine andere Richtung dreht.

Ich bin vorbereitet; das Portemonnaie steckt in der Vordertasche der engen Jeans, Fahrkarten und Handy im Innenfach meines Koffers. Um die Handtasche ist es nicht schade, sie ist alt, ich wollte sie sowieso schon entsorgen.

Ein junger Mann kommt zielstrebig auf mich zu, ist dabei an einigen Rauchern vorbeigekommen. Er bleibt vor mir stehen, lächelt, schwenkt eine Zigarette in der Hand. »Können Sie mir bitte Feuer geben?«

Mit diesem Anliegen wird man als Raucher ständig angesprochen, vor allem auf Bahnhöfen, weshalb ich immer ein Feuerzeug in der Jackentasche habe. Aber ich möchte jetzt wissen, wie sie es angehen werden.

Ich nehme die Handtasche von der Schulter, öffne sie, wühle darin herum. Der junge Mann tritt einen Schritt näher und späht hinein. Ich ziehe eine dünne Reiselektüre heraus, Ausdrucke über Zugverbindungen, krame mit der anderen Hand weiter, schaue dabei immer wieder kurz in sein Gesicht. Zunächst bewegt er nur leicht den Kopf hin und her, doch je mehr Einblick ich ihm gewähre, desto heftiger schüttelt er den Kopf. Endlich finde ich das Feuerzeug und reiche es ihm. Er steckt sich seine Zigarette an, bedankt sich und geht. Der Mann am Pfosten und die junge Frau sind verschwunden, suchen wohl bereits ein lohnenderes Opfer.

Seit 2003 zieren Warnhinweise die Zigarettenschachteln. Einen habe ich bisher noch nie gesehen: Rauchen gefährdet Ihre Wertsachen.

Kulturbanause

»Also bitte! Du bist nicht hier, um dich zu erholen. Das ist eine Studienreise!«, sprach die innere Stimme.

Wir besichtigten in den vergangenen Tagen zwei Moscheen in Kairo, eine Zitadelle, das Ägyptische Museum, den großen Sphinx ...

»Die Sphinx«, raunte die Stimme.

Eben nicht. Archäologen sagen der Sphinx, ist doch auch nicht unlogisch für einen Löwenkörper mit Mähne und Menschenkopf. Wir sahen die Pyramiden von Gizeh und die in Sakkara, *den* Alabastersphinx und den Ramseskoloss in Memphis, Tempel in Karnak, Edfu, Kom Ombo, Philae, Dendera, Abydos und Luxor, Gräber der Arbeiter und der Noblen, Gräber im Tal der Könige und im Tal der Königinnen, den Tempel der Hatschepsut, das Mausoleum des Aga Khan, das Simeonskloster ...

»Na und? Bist du etwa überfordert?«, meldete sich die Stimme ein klein wenig provozierend.

Natürlich will ich alles sehen, aber die Hitze ...

»Du bist doch ein Sonnenkind.«

Dachte ich bisher zumindest. Erst seit diesem Urlaub ... ähm ... dieser Studienreise weiß ich, dass bei mir der Spaß bei mehr als 45 Grad aufhört.

»Nächste Woche sitzt du wieder in deinem kühlen Büro.«

Daran will ich gar nicht denken. Es ist alles hochinteressant, und damit ich wirklich nichts verpasse, gehe ich zu den jeden zweiten Abend im Hotel stattfindenden Vorträgen über das, was noch kommen wird, und Nachträgen zu den Sehenswürdigkeiten, die hinter uns liegen, bei denen man sich Notizen machen darf, was ich auch eifrig nutze.

»Brav, brav. Aber gib's zu, du hast heute Abend etwas geschwächelt.«

Eine Stunde hätte mir gereicht, aber drei ...

»Jetzt reiß dich mal zusammen. Schon in Karnak bist du unangenehm aufgefallen, hattest hauptsächlich Augen für die Widderallee, hast jedes Tier persönlich begrüßt.«

Und das sind nicht wenige.

»Okay«, lenkte die Stimme ein. »Diese Verfehlung kann man gerade noch mit deiner Tierliebe entschuldigen.«

Auf Abu Simbel morgen freue ich mich besonders.

»Aber benimm dich dort!«

Fünfundzwanzig Minuten dauert der Flug von Assuan zu der 300 Kilometer südlich gelegenen Sehenswürdigkeit. Ein Bus bringt uns zu den beiden Tempeln, die während der Regierungszeit Ramses II. (1290-1224 v. Chr.) entstanden. Den kleineren Tempel zieren sechs Standbilder: die Abbildung des Pharaos selbst, seiner Lieblingsfrau Nefertari und ihrer Kinder. Ein paar Meter weiter der große Felsentempel. Ihn schmücken vier Figuren, jede über zwanzig Meter hoch. Alle vier stellen den auf dem Thron sitzenden Ramses II. dar.

Oups, der war ja ein kleiner Egoist.

»Tststs. Die Neigung, sich selbst in den Vordergrund zu stellen, nennt man Egotismus. Also war er ein Egotist. Das dürfte gerade dir doch nicht unbekannt sein ...«

Ruhe!

Durch eine Maueröffnung zwischen den Ramses-Statuen betrete ich die im Fels gelegene Große Säulenhalle mit Seitenkammern, den Quersaal und das Allerheiligste am Ende. Die Wände sind von oben bis unten mit Reliefs und Schriftzeichen bedeckt. Die Seitenräume dienten zur Ernte- bzw. Waffenlagerung und als Schatzkammern für die angesammelten Reichtümer aus Abgaben und Kriegsbeute. Im Sanktuarium sitzen vier Figuren, drei davon trifft zwei Mal im Jahr durch den 63 Meter langen Gang für einige Minuten die Sonne.

»Lass mich raten. Vier Mal Ramses?«

Ptah (der Erdgott und Gott der Dunkelheit, der nicht vom Sonnenstrahl erhellt wird), Amun-Re, Pharao Ramses II und der Sonnengott Harachte.

Über eine Stunde dürfen wir verweilen, dann beginnt der Führer zu drängeln. Wir müssen unbedingt das Flugzeug erreichen, da wir in Assuan nur wenige Minuten nach Ankunft nach Kairo weiterfliegen werden. Damit wir schneller am Bus ankommen, wählt der Führer eine Abkürzung. Durch eine kleine Öffnung rechts vom Tempel gelangen wir in die Aufenthaltsräume der Tempelwächter (keine historischen Statuen, sondern aktuelles Personal), die hier in ihren Pause schwatzen, essen und trinken. Eine Treppe führt in die Betonkuppel, die die Statuen stützt und ihre frühere Lage und Ansicht simuliert.

Ich wusste, dass – genau wie vierzig weitere Bauwerke – Abu Simbel 1964-1968 vor der Überflutung durch den Assuan-Stausee gerettet und ›verlegt‹ wurde.

»Der heißt Nassersee.«

Für mich nicht. Der wollte mit dem Prestigebau die prächtigen alten Kulturstätten untergehen lassen, im wahrsten Sinne des Wortes. Dabei ist der ›Erfolg‹ des Dammes umstritten. Der landwirtschaftliche Aufschwung fiel kleiner aus als erwartet. Die regelmäßige Überschwemmung der Felder durch den Nil war zwar eingedämmt, jedoch fehlte damit die natürliche Düngung durch den Nilschlamm, so dass Dünger wieder künstlich aufgebracht werden musste. Der Fischfang im Nil selbst und vor den Nilmündungen ist zurückgegangen, dem Wasser fehlt der Nährstoffgehalt.

Mit der Umsetzung der Tempel waren unter der Federführung der UNESCO sechs internationale Baufirmen betraut. In die aus dem Felsen herausgehauene Fassade, die Wände der Hallen und des Ganges wurden 17.000 Löcher gebohrt, in die ein Spezialharz gespritzt wurde, der das uralte Gestein verfestigte. 30 Tonnen Eisenklammern wurden angebracht. Den kleinen Tempel zersägte man in 235, den großen in über 800

Blöcke, puzzelte sie später 180 Meter entfernt und 60 Meter höher wieder zusammen. Die Fugen wurden mit farblich passendem Wüstensand und Zement gefüllt. Aus dem ursprünglichen Felsmaterial rund um die Fassade schnitt man nochmals über 1000 Blöcke heraus, die die aus statischen Gründen errichteten Betonkuppeln bedecken, die Spalten füllte man mit dem ›Sägemehl‹. Dass einer der Ramses-Statuen Kopf und Oberkörper fehlen, liegt nicht daran, dass die aufgewendeten finanziellen Mittel nicht ausreichten. Die Figur zerbrach bereits kurz nach ihrer Fertigstellung vor mehr als 3000 Jahren durch ein Erdbeben.

Ich betrachte die Kuppel und die Aufbauten, in denen sich die von draußen begehbaren Räume befinden.

»Ein Blick hinter die Kulissen, der den Zauber dieser Stätte wieder entzaubert?«

Für mich genau das Gegenteil. Die Verlegung der Tempel, die Größe der Kuppel, das zu sehen und sich zu verinnerlichen ist fast noch beeindruckender als die Tempel selbst, sogar die Ausrichtung ist gelungen, das ›Sonnenwunder‹ funktioniert nach wie vor.

»Nun mach hin! Der Reiseleiter ruft schon ungeduldig«, mahnt die Stimme.

Ich will mir aber alles genau anschauen. Hätte ich gewusst, wie beeindruckend dieser Blick hinter die Kulissen ist, wäre ich schon früher in den künstlich errichteten Berg gegangen. Ein Wunderwerk der Baukunst.

»Kulturbanause«, flüstert die Stimme.

Mir doch egal.

Die beste Freundin

Nein, meine beste Freundin heißt nicht Annette, aber Annette schätzt und kennt sie auch, sogar besser als ich, immerhin bringt Annette sie mit, wenn wir gemeinsam wegfahren.

Was zeichnet eigentlich eine beste Freundin aus? Zuverlässigkeit, Rat in allen Lebenslagen, ermutigende oder aufmunternde Worte? Wir hatten uns von ihr neue Erkenntnisse erhofft. Unsere Mitreisende war zwar sehr gesprächig, die Themenvielfalt ließ allerdings zu wünschen übrig. Zweifellos hat unsere beste Freundin ein unglaubliches Gedächtnis. Sie ist weit herumgekommen, kennt in meiner Heimatstadt Schleichwege, die die Einheimischen seit der veränderten Straßenführung von vor vielen Jahren nicht mehr einschlagen. Ich habe das unserer Mitreisenden detailliert erklärt, bin aber skeptisch, ob sie meine Argumente nachvollziehen kann und das praxisbezogene Wissen künftig nutzen wird.

Annette hat unser Geplauder mehr belächelt, aber ich habe die Mitreisende gut unterhalten. Wen wundert es, ich spreche ja auch mit Teddybären, Kühen, Vögeln und Blumen. Bei den Autobahnfahrten hatte ich die beste Freundin meist auf dem Schoß, dafür umsorgte Annette sie, nahm sie abends mit ins Hotelzimmer und tagsüber in Raststätten, obwohl unsere beste Freundin gar keine Pausen einlegen wollte. Sie hatte es sehr eilig. Kaum bogen wir von der Autobahn ab, sagte sie: »Nach zwanzig Metern links abbiegen und gleich wieder links abbiegen und der Straße 249 Kilometer folgen.« So ein Gehetze! Aber das ließen wir uns nicht gefallen. Wir drehten ihr den Saft ab und gingen selbst einen trinken.

Ich gebe zu, auf der Autobahn hörten wir der besten Freundin nicht immer zu, ließen sie einfach vor sich hin plappern. Bei der Fahrt im Berufsverkehr quer durch Hamburg lauschten wir jedoch gespannt. Sie lotste uns übereifrig. Ob es nun die kürzeste Strecke, der schnellste Weg oder eine Abkürzung war, wird wohl für immer ein Rätsel bleiben. Eine halbe Stunde kurvten wir bereits durch die Stadt. Annette behauptet heute noch, dass wir der Ritterstraße einige Male begegnet wären, was ich aber nicht bestätigen kann, da ich vollauf mit der besten Freundin, ihren Ratschlägen und Informationen beschäftigt war. Ich kenne jetzt sämtliche Ärzte auf der Strecke, die Lokale, die Botschaft von Gabun, alle Fast-Food-Restaurants, das Arbeitsamt Nord, sämtliche am Weg liegenden U-Bahnhöfe, Supermärkte und jede einzelne Tankstelle.

»Nach 100 Metern links fahren und rechts abbiegen.«

Tut mir leid, aber das war dann so ein Moment, in dem ich sie anfahren musste: »Was denn nun? Links oder rechts?«

Sie klärte das meist umgehend: »Nach 50 Metern links fahren und rechts abbiegen.«

Und zur Bekräftigung, da wir ja begriffsstutzig sind, gleich nochmal: »Jetzt links fahren und rechts abbiegen.«

Das Rätsel löste sich direkt vor Ort, bedeutete in diesem Fall, nicht scharf rechts abbiegen, sondern einfach dem eine Rechtskurve beschreibenden Straßenverlauf auf der linken Spur folgen.

Bei einer weiteren unklaren Ansage ist mir dann leider rausgerutscht: »Was willst du denn nun, du blöde Eule, links oder geradeaus?« Es war also eindeutig meine Schuld, dass sie von einer auf die andere Sekunde beleidigt verstummte. Ich redete ihr gut zu, aber es nützte nichts. Wenigstens zeigte sie uns an, wie wir weiterfahren sollten.

Nach zehn Minuten eisigen Schweigens überlegte sie es sich dann doch anders und machte ein versöhnliches Friedensangebot. Kurz und präzise, wenn auch etwas förmlich, erklärte unsere beste Freundin: »Sie haben Ihr Ziel erreicht.«

Im Tal der Könige

Die Tasche und den Foto muss ich abgeben, zahle 9,99 Dollar Eintritt und bekomme einen Audio-Guide ausgehändigt. Schilder bitten um Ruhe; Rennen oder gar Toben ist in der Anlage nicht erwünscht.

Ich höre Informationen über das Alte Ägypten, laufe zur ersten Kammer und sehe mir die Grabbeigaben an: Öllampen, Kleidung, Sandalen, Speere, Säbel, Becher, Körbe für Esswaren. Außerdem gibt es Truhen, den Thronsessel und den Kanopenschrein, in dem die Gefäße mit den Eingeweiden des Pharaos aufbewahrt wurden. Die Deckel der vier Kanopen stellen Köpfe von Pavian, Mensch, Hund und Falke dar, sehr kunstvoll gearbeitet. Ich erhalte Erklärungen zu den Totenbooten, dem Totengericht.

Es ist angenehm kühl hier.

Bei der nächsten Station erwarten mich Wächterstatuen, Schmuck, Skulpturen und weitere Gegenstände, die Tutanchamun auf seiner Reise ins Jenseits benötigte.

Ich bin mir nicht sicher, was ich von diesem Ausflug in die Vergangenheit halten soll.

Die nächste Abteilung blockieren Besucher, die andächtig den Worten aus dem Audio-Guide lauschen. Ich weiß, dass es die Sargkammer ist, mit dem Sandstein-Sarkophag und den drei reich geschmückten Holzsärgen, die bei ihrer Auffindung ineinander standen, im kleinsten ruhte die weltberühmte Mumie.

Geduldig warte ich, bis ich einen Blick in die Grabkammer werfen kann. Dabei entdecke ich im Gang in Augenhöhe einen dezent ausgeleuchteten Glaskasten in der Wand, so 20 x 20 x 5 Zentimeter, darin ein unscheinbarer Stein, nicht von der Natur geschliffen, eher ein abgebröckeltes Stück einer schmutzigen Mauer. Mein Kopfhörer liefert dazu keinen Kommentar, ich muss das Schild selbst lesen. Der Text benennt den Fundort des

Ausstellungsstückes, in der Nähe der Pyramiden von Gizeh, und garantiert seine Herkunft.

Ich kann nicht mehr. Ich stürze zum Ausgang, nehme meine hinterlegten Sachen entgegen und setze mich auf eine der Marmorbänke in der Halle. Mein Blick schweift nach oben. Unfassbar! Ich befinde mich gerade in der zweitgrößten Pyramide der Welt und platze fast vor Lachen. Nur dieser dreckige kleine Stein war echt, alles andere ›rekonstruiert‹ – hier in Las Vegas im Hotel Luxor mit 4.400 Zimmern, acht Restaurants, zwei Showbühnen, über 11.000 Quadratmeter Kasinofläche und Tausenden Spielautomaten.

Ein intimes Hotel

Das Abendessen nehmen wir unterwegs ein, erreichen zur Schlafenszeit das Etappenhotel in Marseille. Ich beziehe ein Eckzimmer im dritten Stockwerk mit Blick auf eine belebte Kreuzung in der Altstadt. In den Straßen sind noch viele Nachtschwärmer unterwegs.

Im Raum ist es kalt. Ich putze mir nur die Zähne, krieche mit einem Pullover ins Bett. Irgendwie zieht es. Ich schließe das gekippte Fenster und die Tür zum Bad. So ist es eindeutig besser.

Nach dem Weckruf schlurfe ich ins Badezimmer. Es ist bitterkalt. Bevor ich mich ausziehe, will ich mir die Zähne putzen, habe einen schlechten Geschmack im Mund, wahrscheinlich von dem knoblauchhaltigen Abendessen.

Als ich ans Waschbecken trete, sehe ich aus dem Augenwinkel eine Bewegung und drehe mich zum Fenster. Durch einen kleinen Innenhof fällt mein Blick auf einen Mann, der mit nacktem Oberkörper in seinem Bad steht und sich rasiert. Uns trennen vielleicht drei Meter. Jetzt schaut er herüber und winkt mir zu. Super! Ist es nicht üblich, solche Fenster mit Milchglas oder zumindest einer Folienbeklebung im unteren Teil auszustatten? Dieses hier ist sauber geputzt, ermöglicht einen klaren Durchblick, zudem ist es undicht, ich spüre deutlich den Luftzug.

In der Ecke vor der Duschkabine entkleide ich mich und stehe lange, sehr lange unter dem heißen Wasserstrahl. Im Zimmer, wo es deutlich wärmer ist, trockne ich mich ab und mache mich fertig. Bevor ich zum Frühstück gehe, muss ich aber im Bad noch lüften, das Fenster ist sicher angelaufen. Mitnichten, wie ich feststelle.

Es war überhaupt keine Glasscheibe im Rahmen.

Die Neue

Nach vielen Jahren der Treue hat sich Annette von ihrer besten Freundin getrennt. Schade, mittlerweile kam ich gut mit ihr aus.

Annettes jetziges Gefährt verfügt über eine integrierte Wegweiserin. Leider ist sie vor unserer Abfahrt zum Ammersee plötzlich unpässlich, regt sich nicht und bekommt keinen Ton heraus. Offensichtlich hat sie den Aufenthalt im Freien bei Temperaturen unter dem Gefrierpunkt nicht vertragen. Kurzfristig ist kein Termin zur Behandlung ihrer Symptome zu bekommen.

Spontan ernennen wir Annettes Smartphone zur besten Freundin. Es bemüht sich, die Aufgabenstellung zu erfüllen, lotst uns pflichtbewusst über die Autobahn. Unsere neue Helferin hat die erste noch kennengelernt und ihre Marotte übernommen, keine Verzögerung zu dulden. »Links fahren und gleich wieder links fahren«, belehrt sie uns, als wir eine

Pause einlegen wollen. Wir ignorieren ihren Kommentar, Annette steckt sie kurzerhand in die Jackentasche.

In der Raststätte weisen uns die blauen Damen- und Herrenschilder den Weg eine Treppe hinunter in den Keller. Ich habe den passenden Betrag für die Gebührenschleuse bereits in der Hand und gehe voraus. In der Kabine höre ich wenig später von nebenan: »Sie befinden sich in einer Sackgasse. Wenn möglich, bitte wenden.« und Annettes herzliches Lachen.

Birkart al-Mauz ist kein Katzenfutter

Es gibt einen Witz, hoffentlich ist es wirklich einer, dass sich ein amerikanisches Ehepaar den Traum vom Besuch der Wagner-Festspiele in Bayreuth verwirklichen wollte, in seinem Heimatland buchte und in Beirut im Libanon landete. Wenn ich also schreibe, dass ich in Memphis eine Alabastersphinx und den Granitkoloss von Ramses II. gesehen habe, wissen Sie sicher, dass ich anschließend nicht das Grab von Elvis besuchen konnte. Auf einem Konzert des King of Rock 'n' Roll war ich mal, 22 Jahre nach seinem Tod, aber das habe ich ja bereits in einem anderen Buch beschrieben.

Phonetische Ähnlichkeiten können verwirren, deshalb sucht man am besten beide Orte auf, bestaunt in Carnac den Lagerplatz der Hinkelsteine eines Vorfahren von Obelix, in Karnak den Amun-Tempel und den Felsentempel Thutmosis III. In Troja besichtigte ich Schliemanns Ausgrabungsstätten, Troia ist eine italienische Bischofsstadt. In Canne kämpfte Hannibal gegen die Römer, in Cannes übernachteten wir im Auto auf der Strandpromenade, weil alle Hotels ausgebucht waren.

In Österreich kann man Einspänner trinken und fahren.

Manchmal machen auch Kleinigkeiten den Unterschied. Ein Kakadu ist ein Vogel aus der Familie der Papageien, Karkade (die Betonung liegt auf dem letzten Buchstaben) ein wohl-schmeckendes Heiß- oder Kaltgetränk aus getrockneten roten Hibiskusblüten. Trullis findet man in Alberobello, Trolle in Island und Norwegen.

Abu Simbel vergisst ein Hesse sein Leben lang nicht, man ist ja kein Simbel, wie wir zu einem Depp oder Einfaltspinsel sagen.

Manche Begriffe sind fest belegt. Erst vor wenigen Tagen unternahm ich eine spektakuläre Fjordfahrt. Erwischt! Sie denken sofort an Norwegen. Falsch. Wir waren auf der Halbin-sel Musandam unterwegs, einer Enklave des Omans an der Straße von Hormus. Der Khor al-Shimm ist ein 16 Kilometer langer Fjord. Die ihn säumenden Felswände sind bis zu 1.000 Meter hoch. Drei Dörfer liegen am Rande des Fjords, die nur über den Seeweg zu erreichen sind. Trinkwasser wird wöchent-lich angeliefert, für medizinische Notfälle steht ein Schnellboot zur Verfügung.

Über acht Stunden schipperten wir mit einer Dhau durch klares Wasser, wurden zwei Mal mit von den Dörfern kom-menden Booten ausgeschifft, um uns die kleinen Fischerorte anzusehen. Das Ausflugspaket beinhaltete Getränke – in einer Wanne mit Eiswürfeln gekühlt, die aber rasch schmolzen – und ein Essen. Wir hatten mit Fladenbrot, Oliven und Tomaten gerechnet. Um die Mittagszeit näherte sich eine weitere Dhau, legte an, mehrere Angestellte eines Hotels in Khasab transpor-tierten etliche Warmhaltebehälter über eine Planke an Bord und servierten uns auf Porzellantellern ein Festessen.

Tage später (im Oman selbst) sind wir mit der kleinen Gruppe und den Geländewagen sehr beweglich, fahren viele Stellen an, die nicht im Reiseprogramm stehen. Mir schwirren Ortsnamen um die Ohren, die ich nie zuvor gehört habe, die ich vor dem Zubettgehen aufschreiben will, was sich aber verzögert, weil wir abends auch unterwegs sind. Heute geht die Fahrt von Al-Hazm nach Nizwa. Wir waren bereits in Ain al-Kasfah und Rustaq, in Nakhl und Barka, Fanja, Bidbid, Sumail, Manal und Izki. Können Sie sich die Ortsnamen alle merken?

Momentan besichtigen wir ein Lehmdorf inmitten einer Oase. Hunderte hohe Palmen, die verfallenen Gebäude, die Felswände im Hintergrund. Wunderschön. Ich schieße ein Foto nach dem anderen. Ein Traum.

Wie hieß der Ort noch gleich? Ich frage nach. Birkart al-Mauz. Kompliziert. Klingt aber irgendwie nach einer Katzenfutter-Marke. Mit dieser Eselsbrücke finde ich ihn Tage später tatsächlich auf einer Landkarte wieder.

Ein renoviertes Hotel

Am späten Nachmittag erreichen wir das Hotel in einer kleinen Ortschaft irgendwo auf Korsika. Da wir an den vorherigen Tagen jeweils früh aufgebrochen und immer erst sehr spät in den Herbergen angekommen waren, dort gleich zum Abendessen mussten, bietet sich heute endlich mal die Gelegenheit, den Kofferinhalt neu zu sortieren, eine ausgiebige Dusche zu genießen und die Haare zu waschen.

Ich schnappe mir meinen Zimmerschlüssel und marschiere mit Gepäck in den dritten Stock. Was ich wohl in diesem Haus vorfinden werde? Einzelzimmer sind meist schlechter als Doppelzimmer.

Ich betrete einen großen, einen hellen Raum. Gleich rechts das Bad, geräumig, weiße Fliesen mit blauer Borte, alles sauber, glänzend, ganz neu. Aber irgendwas stimmt nicht. Waschbecken, Dusche, Spiegelschrank, Ablage, Heizkörper, Bidet, Föhn, schneeweiße Handtücher. Mmh, irgendwas fehlt. Die Toilette! Es wäre ja auch zu schön gewesen …

Bevor ich mich im Flur auf die Suche nach dieser Örtlichkeit begebe, inspiziere ich meine Schlafstätte für diese Nacht: Französisches Bett, zwei gemütliche Sessel, ein runder Tisch, Stehlampe, Kofferablage. Alles da!

Durch eine Glasschiebetür trete ich auf den schattigen Balkon. Die Sicht ist nicht so prickelnd, nicht auf die Stadt, sondern gegen einen steil ansteigenden Hang mit Büschen, Gestrüpp und Steinen. Egal. Wenn sie so weit um das Haus herumkommen sollte, kann ich hier vielleicht sogar noch etwas Abendsonne tanken. Für diesen Zweck gibt es zwei Plastikstühle und ein Tischchen. Am linken Ende des Balkons befindet sich ein gemauerter Verschlag mit einem imposanten Riegel. Ob ich darin Kissen für die Stühle finde? Ich schaue nach und staune nicht schlecht. Keine Kissen, aber eine Toilettenschüssel mit Wasserspülung, Papierrolle, Klobürste. Das Hotel wurde wohl renoviert, das Bad nachträglich eingebaut, aber ohne Möglichkeit, das Abwasserrohr innerhalb des Hauses nach unten zu führen.

Jetzt erst mal unter die Dusche. Herrlich! Als ich das Wasser abstelle, höre ich ein Klopfen. Doch wohl nicht bei mir? Lasst mir die Ruhe. Beim Griff zum Handtuch erneutes Pochen. Bauarbeiten im Haus? Ich meine allerdings, meinen Namen gehört zu haben. Tropfnass laufe ich zur Tür.

»Hallo, Frau Haas«, ruft es erneut.

»Ja?«

»Machen Sie doch mal auf«, ertönt es.

»Das geht jetzt nicht, ich komme gerade aus der Dusche.«

Getuschel, dann laut: »Sie können doch Französisch. Sie müssen mal für uns an die Rezeption. Wir haben kein Wort verstanden.«

Vielleicht kann ich das Problem ja telefonisch beheben. »Um was geht es denn?«, erkundige ich mich.

Getuschel. »Wir waren in jedem Stockwerk, haben alles abgesucht, konnten aber keine Toilette finden. Es eilt!«

Ich überlege noch, ob die anderen Zimmer wohl über den gleichen Grundriss wie meines verfügen, da tönt es durch die Tür: »Dürfen wir Ihre Toilette benutzen? Es eilt wirklich!«

»Im Moment nicht, ich muss mich erst anziehen«, rufe ich und füge hinzu:»Gehen Sie mal auf Ihren Balkon und schauen Sie sich in aller Ruhe um. In fünf Minuten können Sie dann nochmal bei mir vorbeikommen.«

Stille, sich entfernende Schritte.

Im Nachhinein betrachtet, muss mein Ratschlag wohl recht befremdlich auf die Besucher gewirkt haben. Aber erfolgreich. Ich wurde nicht mehr gestört.

Mein Schatz

(Oman) Seit zwei Tagen hören wir Habibi-Musik. Kaum sitzen wir im Geländewagen, dudelt sie los. Ist das Band durchgelaufen, wird die Kassette umgedreht und umgedreht und umgedreht. Obwohl der Fahrer über eine große Auswahl an Kassetten verfügt, die wir im Handschuhfach erspäht haben, eine weitere Box befindet sich im Kofferraum, spielt er immer nur diese ab. Sie muss sein absoluter Favorit sein.

Die Habibi-Musik wird von einem Mann gesungen, auf der Rückseite die Titel 3 und 5 im Duett mit einer Frau. Wir nennen sie so, weil in fast allen der schnulzig schmachtenden Lieder dieses Wort vorkommt. Bei einer Rast erkundigen wir uns beim Dolmetscher. Habibi bedeutet übersetzt Schatz oder Liebling. Dass der noch junge Fahrer auf diesen Herz-Schmerz steht? Sehnt er sich etwa nach seinem Habibi?

Wir legen eine zweistündige Pause am Wadi Shab ein. Viele Omani gehen hier ihrer Lieblingsbeschäftigung nach, machen Picknick an dem kleinen See, der von schmalen Rasenflächen und Palmen umsäumt wird. Überall wird gelacht, rauchen Grills, Kinder toben herum.

Neben einer Dame aus der Gruppe laufe ich in die Schlucht. Zunächst unterhalten wir uns gut, dann wird sie unaufmerksam, unruhig, schaut sich ständig um. Plötzlich flüstert sie mir zu, dass sie ein dringendes Bedürfnis verspürt, zurück zum Parkplatz möchte, wo doch so eine Hütte gestanden hätte, aber alleine traut sie sich nicht. Ich begleite sie. Als wir die angestrebte Örtlichkeit sehen, raunt sie: »Ab hier schaffe ich es alleine. Vielen Dank. Sie müssen nicht warten.« Sie saust los.

Ich bin viel zu früh, mag aber nicht zurück in die Schlucht marschieren. Auf der anderen Seite des Parkplatzes liegen versteckt im Schatten große Felsblöcke. In einem großen Bogen laufe ich hin und setze mich. Ich beobachte ankommende Fahrzeuge, wie sich ganze Großfamilien auf den Weg in das Wadi machen, und ich sehe unseren Fahrern zu. Sie stehen am Kotflügel, zwei sitzen auf dem Boden und lehnen sich an die Reifen *unseres* Fahrzeugs, dessen Vordertüren weit offen stehen. Und was schallt heraus? Hits von David Bowie, Queen, Whitney Houston, Bruce Springsteen, Michael Jackson – genau meine Musik. Ich brauche in der Fremde kein Schnitzel mit Pommes, aber diese Songs sind international, wären eine nette Abwechslung zum Habibi-Gesäusel.

Kaum tauchen die ersten Reiseteilnehmer am Horizont auf, flitzen die Fahrer zu ihren Fahrzeugen und reißen einladend die Türen auf. Ich bummele zu unserem Wagen, wo mich das Habibi empfängt.

Auf der Weiterfahrt petze ich, erzähle alles den Mädels, die mit mir im Auto sitzen. Wir sind uns einig.

»David Bowie«, sagt eine.

Der Fahrer grinst und streckt den Daumen in die Luft.

»Queen«, sage ich.

Er grinst noch breiter, hält wieder einen Daumen hoch.

»Michael Jackson«, probiert es die dritte.

Der Fahrer lacht, streckt diesmal sogar beide Daumen hoch.

Die Beifahrerin deutet auf das Kassettenfach, auf das Handschuhfach und sagt: »David Bowie, Queen, Michael Jackson.«

Er nickt.

Sie zeigt auf das Kassettenfach, auf das Handschuhfach und ihre Ohren.

Er schüttelt den Kopf.

Wir diskutieren auf Deutsch, plötzlich zeigt er auf den Kassettenabspieler und sagt: »Oman, Oman.«

Das Deutespiel geht noch eine Weile hin und her. Wir verdeutlichen, dass wir nichts davon erzählen, dass wir die Scheiben nicht runterkurbeln werden, aber er lässt sich nicht erweichen. Touristen müssen diese Musik hören. Und sein Chef bekommt alles mit. Vor so viel Lokalkolorit passen wir.

Das Habibi begleitet uns auch die folgenden Tage. Bald haben wir die Melodien im Ohr, singen auf lalala mit und schmettern die jeweiligen Habibi-Passagen.

Der Fahrer lächelt zufrieden.

Jetzt frage ich mich: Müssen Touristen in Deutschland, wenn sie mit einem Reisebus herumkutschiert werden, Heino, Marianne und Michael oder aktuell Helene Fischer hören? Ist es nicht Folter genug, dass sie zum Schloss Neuschwanstein hochhetzen müssen?

Vielleicht doch keine so gute Idee, gerade diese Geschichte auszuarbeiten. Die Musik konnten Sie ja leider nicht hören. Aber dafür haben Sie ein Wort gelernt: Habibi. Das vergessen Sie nie wieder. Bin ich nicht ein Schatz?

Ein wirtschaftliches Hotel

In Benidorm war ich vor vielen, vielen, vielen Jahren schon einmal. Ein netter Ort an der Costa Blanca mit Strandhotels. Als wir uns ihm heute nähern, staune ich nicht schlecht. Die Skyline ähnelt der von Chicago: in der Sonne silbern schimmernde Hochhäuser so weit das Auge reicht. Eine rasante Entwicklung, um es wertungsfrei auszudrücken.

Wir übernachten 500 Kilometer weiter südlich in Torremolinos. Auch hier gibt es hohe Hotels, allerdings nicht ganz so viele und nicht so futuristisch. In einer der Bettenburgen checken wir ein, erhalten den Ratschlag, pünktlich zum Abendessen zu erscheinen. Der Speisesaal ist zwar riesig, dennoch muss in drei Schichten aufgetischt werden. Wir sind von halb sechs bis halb sieben dran. Wer zu spät kommt, verpasst bei dem konsequent durchgezogenen Zeitplan die Vorspeise. Da kommen Urlaubsgefühle auf.

Zwei der gebuchten Einzelzimmer befinden sich nicht im Haus. Ein Hotelbediensteter bringt Herrn Wild und mich zu Fuß zum Eingang eines anderen Gebäudes, ebenfalls ein Hochhaus, aber älteren Datums. Mit den Worten: »Neunter Stock« drückt er mir zwei Zugangskarten in die Hand. Im Aufzug halte ich meinem Mitstreiter die beiden hin. »Suchen Sie sich das schönste Zimmer aus.«

»Egal«, meint er und nimmt sich eine Karte. Er bittet mich, ihn zum Abendessen abzuholen. Er hat Orientierungsprobleme und befürchtet, das Stammhaus nicht mehr zu finden.

Mein Zimmer ist in Ordnung, zwei Kingsizebetten, großes Bad, Balkon, auf dem ich einen Moment verweile. Über Taillenhöhe gibt es keinen Sichtschutz. Im gesamten Stockwerk sitzen Urlauber draußen, mehr oder weniger bekleidet – meist weniger, mit mehr oder weniger ansehnlichen Körpern – meist weniger, die palavern, streiten, durch die Tür auf den im Zimmer laut dröhnenden Fernseher starren. Gegenüber ein

ähnliches Bild: Balkons mit zum Trocknen aufgehängten Bade-
sachen, Sonnenhungrige, die noch die letzten Strahlen abbekommen möchten …

Ich suche das Zimmer von Herrn Wild, werde direkt neben
den Aufzügen fündig. Oha! Die Disco im Keller hat die ganze
Nacht geöffnet, da kann es laut werden, wenn sich die Teenies
im Flur verabschieden, bevor sie in ihre oder fremde Betten
torkeln.

Ich klopfe.

»Moment«, ruft Herr Wild. Es kruschpelt und rumpelt hinter
der Tür, bevor sie sich öffnet. Gleich rechts steht das Bett, am
Fußende die Querwand, die dann schräg verläuft – mit einer
Fensterklappe weit oben – bis zum Bad, das einer Flugzeugtoi-
lette ähnelt. Der Koffer liegt auf dem Bett. Will man sich hinein-
legen, muss das Gepäckstück auf dem Boden davor platziert
werden, dann kann man allerdings das Zwergenbad nicht
betreten, da sich die Tür ins Zimmer öffnet.

Eine umfunktionierte Besen- oder Wäschekammer.

Aber er hat sich ja dafür entschieden.

Nachtleben

(Oman) Nach dem Abendessen treffen wir uns auf dem Parkplatz vor unserem Hotel in Sur, wo bereits zwei Geländewagen
mit Gästen von anderen Hotels warten. Von unserer Reise-
gruppe wollen nur sieben Personen an diesem zusätzlichen
Ausflug teilnehmen, die Stammbesetzung unseres Fahrzeugs ist
komplett.

In östlicher Richtung geht es über eine Piste. Keine Ahnung,
wie die Fahrer den Weg finden. Ab und zu gibt es eine Vollbremsung, wenn direkt vor uns im Scheinwerferlicht ein Gestrüpp, ein Wall, ein Steinhaufen oder eine Kuh auftauchen. Bis
zu diesem Zeitpunkt hatten wir im Oman keine einzige Kuh
gesehen, aber ausgerechnet hier, als Hindernis in der Dunkelheit, dieses Unikat.

Nach einer Stunde holpriger Fahrt stellen die Fahrer die Wagen ab, und wir nähern uns zu Fuß einem hohen Drahtzaun.
Ein Mann mit Taschenlampe tritt ans Tor und kontrolliert uns.
Es ist nicht erlaubt, Taschen, Fotos oder sonstige Gegenstände
mitzunehmen. Der Zugang zu der Anlage ist nur nach vorheri-
ger Anmeldung möglich, die Besucherzahl pro Nacht begrenzt.
Auf dem Gelände dürfen wir uns nur in Begleitung eines
Mitarbeiters bewegen, der als einziger eine Taschenlampe hat –
und einen Eimer.

Oha. Jetzt bin ich mir nicht sicher, ob ich weiterschreiben
soll. Sie erwarten jetzt sicher den verbotenen Besuch eines
Clubs oder dergleichen. Aber mit einem Eimer?

Über flache Dünen gelangen wir an den Strand. Der Mond
steht fast voll über dem Meer, die Sicht ist besser als erwartet.
An diesen Küstenabschnitt kommen das ganze Jahr über
Cheloniidae zur Eiablage. Bei der Buchung des Ausflugs wird

nicht garantiert, ein Exemplar zu sehen. Vielleicht haben wir ja Glück?

Wir warten stumm, unser Begleiter streift herum. Plötzlich tritt er aus der Dunkelheit und bedeutet uns, ihm langsam zu folgen. Eine etwa einen Meter lange Meeresschildkröte kriecht im Sand, schafft sich mühsam voran, indem sie mit den Vorderflossen rudert, mit den kleineren Hinterflossen nachschiebt. Nach ungefähr zwanzig Metern erreicht sie den Saum zu den ansteigenden Dünen und beginnt, mit den Hinterflossen ein Loch zu graben.

Wir warten, bis uns der Mitarbeiter der Station heranwinkt. Mit vorgehaltener Hand leuchtet er mit der Taschenlampe und wir sehen, wie Eier, fast so groß wie Tischtennisbälle, in die Grube kullern. Das Tier ruht sich aus, dann geht es weiter. Ein anderer Mitarbeiter kommt herbei und signalisiert, dass eine weitere Schildkröte nicht weit entfernt zugange ist. Und noch eine kommt über den Sand gerobbt. Wir pendeln zwischen den Gelegen.

Nach fast zwei Stunden beginnt die erste Wasserschildkröte, das Loch ordentlich zuzuschaufeln. So ordentlich, dass man es nicht mehr erkennen kann, nur die deutliche Spur, die sie hinterlässt, als sie sich wieder zum Meer schiebt. Unser Begleiter steckt an der Stelle der Eiablage einen Stab mit Fähnchen in den Sand.

Auch die zweite Meeresschildkröte verschwindet wieder im Wasser. Nun holt unser Begleiter den Eimer, den er in den Dünen abgestellt hatte, lässt uns hineinschauen. Erkennen kann ich wenig, nur dass sich darin etwas bewegt. Er schüttet den Eimer aus. Zwanzig etwa fünf Zentimeter große Schildkrötenbabys liegen im Sand. Der Mann leuchtet die Tiere mit der Taschenlampe an und lässt den Strahl langsam in Richtung Meer wandern. Wie angestochen, sausen die Kleinen – hektisch mit den langen Vorderflossen paddelnd – zum Wasser. Sie sind so leicht, dass sie nicht im Sand einsinken. Es sieht aus, als würden sie darüber fliegen. Ein unvergesslicher Anblick.

Obwohl gerade wieder eine Meeresschildkröte an Land kriecht, bedeutet uns der Begleiter zu gehen. Schon? Wie schade.

Wir werden in einen Raum der Station geführt und sehen dort zahlreiche Becken mit Babys unterschiedlicher Größen. Bis zu 100 Eier legt eine Meeresschildkröte ab. In der Natur, wird uns erklärt, schlüpfen die Jungtiere alle gleichzeitig aus den Eiern, graben sich durch den Sand an die Oberfläche und pesen zum Meer. Der Küstenabschnitt ist zwar gesperrt, aber das kümmert Möwen wenig. In Scharen warten sie auf den Schmaus und picken die Kleinen weg. Deshalb wurde diese Anlage in dem Naturschutzgebiet errichtet. Morgens werden die Eier an den mit Fähnchen markierten Stellen ausgegraben, in der Station ausgebrütet, die Jungtiere verbringen einige Monate in den Becken, bevor sie ins Meer entlassen werden. Außer den Möwen am Strand lauern noch weitere Gefahren, denn auch Fische betrachten die Winzlinge als Nahrung.

In einem Buch habe ich gelesen, dass nur ein bis zwei Tiere von ca. 10.000 gelegten Eiern die Geschlechtsreife (mit über 30 Jahren) erreichen. Dann schwimmen die Weibchen zu dem Strand zurück, an dem sie geschlüpft sind, um ihre Eier abzulegen, der einzige Moment überhaupt, in dem Meeresschildkröten in ihrem Leben (bis zu 100 Jahre) an Land gehen.

Obwohl wir, vier Mädels zwischen 25 und 50, die sich erst auf dieser Reise kennengelernt hatten, bei vorherigen Fahrten im Auto ständig schnatterten und lachten, herrscht auf dem Rückweg zum Hotel Stille. Nicht, weil wir müde sind, sondern aus Ehrfurcht – oder wie immer man das nennen mag – vor der Natur.

Welche Meeresschildkröten wir gesehen hatten, wurde sicher gesagt. Meine Englischkenntnisse sind passabel, für zoologische

Fachbegriffe allerdings nicht ausreichend – und ehrlich, da ich mich nie zuvor ernsthaft mit dieser Gattung befasst hatte, war mir nicht einmal bewusst, dass es sieben Arten gibt.

Eine Erklärung besagte, dass das Geschlecht der Jungtiere davon abhängt, wie viel Sonnenbestrahlung/Wärme die Eier abbekommen. Die ganz unten im Sand werden männlich, die oberen Schichten weiblich. Es kann auch anders herum gewesen sein.

Sie sehen? Ob meine Ausführungen wissenschaftlich korrekt sind, kann ich nicht garantieren. Besser, ich lösche das Kapitel. Sollte ich es vergessen, was bei den tausend Notizzetteln, die in meiner Schaffensphase überall im Haus herumlagen, leider möglich ist, reißen Sie bitte die entsprechenden Seiten vorsichtig aus dem Buch oder schneiden Sie sie heraus.

Eigentlich eine traurige Geschichte. Dreißig Jahre lang paddelt eine weibliche Meeresschildkröte unbedarft im Meer herum, dann schlägt die Natur zu, sie treibt es mit einem Kerl, schwimmt zu einem Strand, den sie nur einige Sekunden auf ihrer Hatz zum Wasser wahrgenommen hat. Sie verlässt ihren Lebensraum, presst die großen Eier heraus und macht sich einfach aus dem Staub ... ich meine: aus dem Sand.

Ein ganz neues Hotel

(Apulien) Schon bei der Anfahrt zum Hotel staunen wir. Es sieht neu aus, ist es auch, wie wir erfahren, die Eröffnung liegt nur wenige Tage zurück. Ein moderner Eingangsbereich, ganz in Silber gehalten, mit einem künstlichen Wasserfall. In der Halle überall Spiegel, Marmor, Teppiche, Kronleuchter. Sehr edel.

Die Zimmereinrichtung ist zweckmäßig. Bilder oder einen Spiegel gibt es nicht, auch keine Nachttischlampe, aber diese Dinge sind ja bei nur einer Übernachtung nicht so wichtig. Ich packe mein Waschzeug aus und gehe ins Bad. Es gibt zwar einen Lichtschalter, aber kein Licht. Ich taste mich voran, fühle einen Spiegelschrank, auch einen Schalter, dessen Betätigung ebenfalls nichts bewirkt. Die Birne ist wohl durchgebrannt, das kann passieren. Die Deckenbeleuchtung im Zimmer reicht nicht bis hier hinein.

Wir treffen uns bereits in zehn Minuten zum gemeinsamen Abendessen, also flott die Hände waschen und ab zur Rezeption. Dort notiert man meine Zimmernummer und verspricht, dass sich sofort jemand um mein Anliegen kümmern wird.

Wir sitzen gerade beim Hauptgang, als eine der Damen vom Empfang zu unserem Reiseleiter tritt und ihm etwas zuflüstert.

»Wer hat Zimmer 205?«, ruft er in die Runde.

Ich melde mich. Die Dame nimmt meinen Schlüssel an sich und geht. Hat man in diesem noblen Haus keine Zweitschlüssel für den Service?

Nach einer halben Stunde kommt ein älterer Herr im blauen Arbeitsoverall, händigt dem Reiseleiter meinen Schlüssel aus und verschwindet. Der Reiseleiter gibt ihn mir und erklärt: »Alles in Ordnung, die Glühbirne ist ausgetauscht.«

Wir sitzen lange, nehmen noch einen Drink an der Bar, gegen Mitternacht bin ich im Zimmer zurück. Kein Licht. Was bitte hat der Handwerker ausgetauscht? Er hatte doch meinen Schlüssel, konnte also nicht in einem falschen Zimmer gelandet sein. Nochmals zur Rezeption? Dort sitzt jetzt die Nachtschicht, die sicher keinen Elektriker aus dem Hut zaubern wird. Egal. Zähne putzen und mich abschminken kann ich auch im Dunkeln.

Am Morgen öffne ich die Gardinen ganz weit, damit das Tageslicht bis in mein Bad vordringen kann. So ganz geht der Plan nicht auf, aber wenigstens sind Schemen zu erkennen. Aus dem Spiegelschrank ragen rechts Kabel heraus. Er ist noch gar nicht angeschlossen. Na ja, Schminken wird sowieso überbewertet.

Es gab übrigens auch ein Fenster, allerdings nicht in der Art, die wir darunter verstehen. In einer Maueröffnung standen locker aufeinandergeschichtete Backsteine, die Zwischenräume mit zusammengeknülltem Zeitungspapier verfugt.

Ein schönes neues, ein noch nicht ganz fertiggestelltes Hotel.

Wahiba Sands

(Oman) Fragen bringt nichts, da sich der örtliche Reiseleiter immer erst während der Fahrt mit dem Chef der Wagenflotte abspricht, und die beiden sitzen in einem anderen Fahrzeug. Wir kennen zwar grob den Tagesablauf, aber wie lange wir jeweils unterwegs sind, wann Rast gemacht wird, können wir nur erahnen. Mit unserem Chauffeur ist keine Verständigung möglich.

Momentan durchqueren wir auf einer Piste die Wahiba-Wüste. In Richtung Küste durch Muschelpartikel nahezu weiß, ist der Sand hier fast rot, da er aus dem Abrieb des nahen Hadjar-Gebirges besteht.

Dünen, so weit das Auge reicht. Hallo! Können wir nicht einmal eine Fotopause einlegen? Wir deuten auf unsere Apparate und rufen: »Stopp!« Der Fahrer lacht und fährt unbeirrt weiter.

Plötzlich biegen wir ins Nirgendwo ab, kommen erst kurz vor der Erhebung der Dünen zum Stehen, fürs Knipsen nun eindeutig zu nah.

Die Fahrer schnattern aufgeregt, laufen zum Führungswagen und machen sich an den Rädern zu schaffen. Sollte man Pannen nicht besser in einer Werkstatt oder zumindest an einer Tankstelle beheben? Es ist wohl kein Einzelproblem; der Reihe nach lassen sie bei allen Fahrzeugen Luft aus den Reifen.

Die Stammbesetzung eines Geländewagens wird aufgefordert, die Plätze einzunehmen. Das Fahrzeug setzt sich in Bewegung, beschreibt einen Kreis und rast die Düne hinauf. Auf halber Höhe bleibt es stehen, rutscht im lockeren Sand langsam rückwärts und landet wieder unten.

Sofort rennen die anderen Fahrer hin, erteilen lautstark Ratschläge, denke ich zumindest, verstehen konnten wir ja nichts. Der Chauffeur nimmt einen größeren Anlauf, kommt auch ein gutes Stück weiter, dann gleitet der Wagen wieder abwärts. Beim dritten Versuch klappt es.

Wir schaffen es in einem Rutsch. Die Fahrt geht durch eine Mulde auf den nächsten Sandküppel, der Wagen liegt schräg, sehr schräg, driftet ab. Gaby schreit, reißt bei einem Halt die Tür auf und springt hinaus.

Da kein Anlauf im tiefen Sand möglich ist, kommt ein Teil des Schwungs vom Abwärtsrollen, der nächste Hügel wird mit wenig Gas schräg genommen, damit die Räder nicht durchdrehen. Höchste Fahrkunst.

Wir kämpfen uns durch weitere Wellentäler. Schlussendlich geht es die erste hohe Düne wieder hinunter. Grandios, aufregend und schön.

Diese Exkursionen sind umstritten, zerstört man dabei auch noch den letzten spärlichen Bewuchs, der die Dünen zusammenhält. Aber hier gibt es doch so viele ... Mir hat es riesigen Spaß gemacht.

Die Karawane zieht weiter, nur wir bleiben zurück, müssen noch auf Gaby warten, die vorsichtig den steilen Hang herunterschlittert.

Die Welt ist klein

In der Türkei traf ich in der Toilette eines Restaurants eine Kollegin, eine andere auf dem Bahnhofsvorplatz in Neapel, in Alaska einen Herrn, den ich viele Jahre zuvor bei einer Reise durch Island kennengelernt hatte.

Die große maurische Festung oberhalb von Granada haben Sie wahrscheinlich schon besucht. Der Löwenhof mit dem namensgebenden Brunnen, der Myrthenhof mit der perfekten Spiegelung der Gebäude in der Wasserfläche oder der Generalife, die Sommerresidenz der maurischen Könige. Mittlerweile ist die Alhambra so überlaufen, dass der interessierte Tourist seine Eintrittskarte vorbestellen muss.

Nach der Besichtigung bleibt noch ein wenig Zeit. Ich suche mir ein ruhiges Plätzchen. Die mit Springbrunnen angelegten Gärten zwischen dem Theater und der Generalife bieten sich an.

Auf einer Bank sitzt ein Mann, der mir bekannt vorkommt. Er könnte mein Englischlehrer der Sprachschule sein. Wir haben uns zwar ein Jahr lang von Montag bis Freitag gesehen, aber ich muss krampfhaft überlegen, wie er hieß. Meine Güte, das ist über 25 Jahre her. John? Nein, James.

Ich nähere mich ihm und linse in das Buch, das er liest. Englisch. Ich setze mich zu ihm und sage unverbindlich: »Hello.«

Er schaut auf und grinst. Es folgt der übliche Smalltalk über das Befinden und die Aktivitäten. James war zunächst in Mailand und in Rom, unterrichtet seit vier Jahren in Granada, wird im kommenden Frühjahr nach Madrid wechseln.

›Wir möchten eine Bestellung tätigen über 250 Kühlschränke à 80 Liter mit 5-Sterne-Gefrierfach à 8 Liter, die Front weiß mit verchromter Griffleiste, Lieferung ab Werk Ludwigsburg, eingeschweißt auf Einweg-Euro-Paletten zur Selbstabholung. Machen Sie uns darüber bitte ein Angebot.‹ Diese Passage werde ich mein Leben lang nicht vergessen, sie war Teil der mündlichen Dolmetscher-Prüfung. Bis dahin war alles perfekt gelaufen, aber bei diesen Sätzen konnte ich mich nicht an den Rauminhalt der Kühlgeräte erinnern. Die Prüfer hatten vorher darauf hingewiesen, dass die Daten konstruiert sind, nichts mit realen Gegebenheiten zu tun haben. So bestand nur eine geringe Chance, die richtige Zahl zu erraten. Die von mir geschätzten 60 Liter waren leider falsch.

Da seine Mittagspause vorüber ist, entschuldigt und verabschiedet sich James: »See you, Christel.«

Das hatte ich nicht erwartet. Ich muss zugeben, bei der Vielzahl an Schülern in den vergangenen Jahrzehnten ist sein Gedächtnis aber auch nicht übel.

Kamelhack

(Oman) Der örtliche Reiseführer hatte für uns am Abend ein besonderes Event organisiert: ein Kamelessen.

Das Lokal mitten in Salalah ist winzig. Deshalb hat der Wirt Tische und Bänke auf dem kleinen Bereich vor dem Haus aufgestellt. Ich bin erleichtert. Das Sitzen auf dem Boden ist sehr anstrengend. Die Fußsohlen dürfen niemals dem Gegenüber gezeigt werden, das ist unhöflich. (Die Schuhe werden bereits am Hauseingang ausgezogen.) Im Schneidersitz halte ich es eine Weile aus, aber so ein Mahl mit Teezeremonie dauert über zwei Stunden.

Aus den Fenstern der umliegenden Häuser beobachten die Bewohner, wie uns der Wirt mit den Speisen versorgt. Mit einigen Tellern Reis serviert er acht Platten mit den verschiedensten Arten der Zubereitung: Kamel gegrillt, gebraten, gedünstet, gebacken, geschmort, eingelegt, als Hackbällchen, Bratenscheiben, in Würfeln, kalt, in Schmalz gewälzt …

In jeder Form kaute sich das dunkle Fleisch hart und zäh und ohne erkennbaren Eigengeschmack. Es war kein Genuss, aber teuer. Kamelmilch durften wir auch kosten. Sie schmeckt leicht süßlich und ist fettarmer als Kuhmilch.

Tagsüber hatten wir auf unserer Rundfahrt Hunderte Kamele gesehen. Sie liefen frei herum – mit einem eindeutigen Faible für die am Straßenrand kümmerlich sprießenden Pflänzchen, was uns immer wieder zum Anhalten zwang. So bot sich die Gelegenheit, die Tiere aus der Nähe zu betrachten. Einige trugen Gurte um den Leib mit einem Euterschutz, damit ihre Kleinen die wertvolle Milch nicht wegnuckeln.

Auf die meiner Meinung nach logische Frage an den Reiseleiter, wie die Besitzer bei der Weite des Gebietes ihre Tiere zum Melken finden, bekam ich keine Antwort. Entweder war das für einen Einheimischen eine völlig klare Angelegenheit und somit kein Diskussionspunkt – oder er wusste es nicht.

Auf meine weitaus dämlichere Frage nach dem Grund der Vorliebe der Kamele, den Verkehr zu behindern, hatte er sofort eine Antwort parat. Es handelt sich um gut ausgebaute Straßen mit Gefälle zum Rand, so dass sich der Regen dort sammelt und noch Monate später Gräsern das Wachstum ermöglicht.

Regen?

Oh, ich vergaß zu erwähnen, wo wir uns gerade befanden: Auf einem kleinen Abstecher (1.000 Kilometer mit dem Flugzeug) von Muscat in die Region Dhafor, ganz im Süden der arabischen Halbinsel gelegen. Dieses Gebiet ist für seine zahlreichen Weihrauchbäume bekannt, die kilometerlangen Strände aus feinstem, fast weißem Sand und wird von gut betuchten Arabern als Ferienziel geschätzt, da es dort wegen des Südwestmonsuns von Juni bis Anfang September regelmäßig zu erfrischenden Nieselregen und Nebelbildung kommt, die die karge Landschaft ergrünen lassen.

Regengarantie!? Ein meteorologisches Phänomen, das wir uns für einen Urlaub weniger wünschen.

Teatime

(Oman) Wie bitte? Sie sind ja wirklich ein aufmerksamer Zuhörer. Stimmt, ich hatte von einer Teezeremonie gesprochen, aber ob es wirklich eine ist, kann ich nicht behaupten, jedenfalls habe ich sie drei Mal in dieser Form erlebt.

In Privathäusern ist es der Hausherr, in Lokalen der Wirt, der mit einem Tablett mit Gläschen und einer Kanne sowie einem Blecheimer mit Wasser erscheint. Er verteilt die fünf oder sechs Trinkgefäße und gießt Tee ein. In dem Dorf, das wir auf unserer Fjordfahrt besuchten, dachte ich an eine Notlage, wir befanden uns ja in einem Privathaus. Da ich zu den Privilegierten gehörte, trank ich hastig aus und überlegte, das Glas an den Nebenmann weiterzureichen. Doch da wurde schon wieder nachgeschenkt. Schnell austrinken, damit die anderen Reisenden auch etwas bekommen. Erneut wurde mein Glas gefüllt. Diesmal genoss ich Schluck für Schluck. Kaum war es annähernd leer, riss mir der Dolmetscher das Glas aus der Hand.

In dem zweistöckigen Esslokal einige Tage später hatte ich schon beim Hereinkommen gesehen, dass es gut besucht war. Jede Gruppe, jede Familie oder auch nur ein einzelnes Paar bekommen einen separaten Raum, in dem man auf dem Boden auf Teppichen sitzt, im Rücken ein paar Kissen, auf die man sich in Esspausen zurücklehnen kann. Die Platten mit den Speisen werden in der Mitte platziert. Normalerweise wird mit den Fingern zugelangt, Touristen versorgt man meist mit kleinen Tellerchen und einem Löffel.

Nach der Speisung kam der Wirt mit dem Tee und sechs Gläsern, goss ein. Ein Gehilfe rannte ständig hin und her und brachte frischen Tee. Warum nicht mehr Gläser? Sind gerade alle Gäste mit dem Essen fertig? Sehr unwahrscheinlich. Wir fragten den Dolmetscher.

Dies ist der Moment, in dem sich der Hausherr selbst jedem einzelnen Gast widmet. Er fragt nach dessen Befinden, dem der Familie, ob das Essen gut war, wo die Reise hingeht. Unverbindliches Geplauder. Nach der dritten Ration Tee legt der Besucher die flache Hand über das Gefäß, der Wirt nimmt es, schwenkt es kurz im Eimer (über dessen Sauberkeit und die Qualität des Wassers sollte man nicht nachdenken) und wendet sich dem nächsten Grüppchen zu. Ein schöner Brauch, wenn man ihn kennt.

Im dritten Lokal verhielten wir uns landestypisch, nur mit dem auf Arabisch geführten Smalltalk klappte es nicht so recht.

Nichts gesehen

Von dem Tagesausflug von Jersey zur benachbarten Kanalinsel Guernsey kann ich Ihnen nur wenig berichten, habe dort keine Sehenswürdigkeit zu Gesicht bekommen, verbrachte meine Zeit vielmehr mit Telefonaten und der Warterei auf Öffnungszeiten: die des Reisebüros, vom Tourist Office und der Niederlassung der Airline. Es war echt zum Kotzen! Ich konnte keinen Rückflug nach Jersey organisieren, musste mich abends doch wieder auf das wild über die Wellen hüpfende Tragflügelboot begeben.

Eine Seefahrt ist nicht lustig

Wenn ich durch Urlaubskataloge blättere, schaue ich nicht nur nach den einzelnen Stationen, sondern auch, wie man dorthin gelangt. Bei Booten, Schiffen oder Fähren gibt es nämlich ein Problem: Ich vertrage keine Überfahrten, mir wird übel.

Waren Sie schon einmal auf Elba? Es lohnt sich, die Insel ist wunderschön. Die Passage dauert 25 oder gar nur 20 Minuten? Das reicht schon aus, um mir gründlich die Gesichtsfarbe und den Tag zu verderben.

Manchmal muss ich meine Vorsätze über Bord werfen, denn wenn ich von Malta aus die benachbarte Insel Gozo besuchen will und nicht schwimmen möchte, muss ich ein Schiff besteigen. Und bei genau dieser Gelegenheit passierte es. Die Abfahrt verzögerte sich und mir war bereits schlecht, *bevor* wir in See stachen. Dieses Phänomen beobachtete ich auf weiteren Reisen. Es ist nicht nur die Wellenbewegung, sondern auch die Vibration des Schiffes durch die laufenden Motoren, die mir zu schaffen macht. Mit dieser Erkenntnis verringerte sich mein Problem allerdings nicht.

[Flüstermodus an] Ich war einige Male beim Formel 1-Rennen in Monte Carlo und saß auf den verschiedensten Tribünen. Um wieder eine neue Ansicht auszuprobieren, hatte ich mir an einem Morgen für das freie Training Karten auf der Hafentribüne besorgt, saß auf dem festen Platz, schaute über die sich sanft wiegenden Wellen zur Hafenpassage, konzentrierte mich auf die vorbeifahrenden Rennwagen, die wegen der Leitplanken immer nur kurz in ihrer vollen Schönheit und mit der Fahrernummer in Sicht kamen ... und musste nach einer Stunde die Tribüne verlassen, weil ich seekrank war. Es funktioniert bei mir also sogar ohne Schiff. [Flüstermodus aus]

Korsika und Sardinien, da wollte ich schon immer einmal hin. In einem Katalog entdeckte ich eine Busrundfahrt. Das ist prima, da sieht man wirklich viel. Wie das Wort Busfahrt schon ausdrückt, werden wir nicht fliegen.

In Nizza entern wir eine riesige Fähre, die uns in circa acht Stunden nach Bastia bringen wird. Das schaffe ich! Man muss sich ja gut zureden. Länger als zehn Minuten hält der Optimismus selten an.

Ich stehe im Freien, lasse mir den Wind um die Nase wehen. Es sind schon ganz ordentliche Wellen, die auf uns zurollen, aber ich kenne mich ja, wie gesagt, nicht so aus, vermeide normalerweise Überfahrten.

Aus den Lautsprechern ertönt eine Ankündigung, dass wir in einen Sturm kommen werden. (Nachts in Nizza hatte es schon mächtig um die Häuser geweht und geheult.)

Es schlingert jetzt gewaltig. Ich muss mich an der Reling festklammern.

Eine weitere Durchsage: Passagiere dürfen sich nicht mehr in den Außenbereichen aufhalten.

Das ist dumm. Ich bilde mir immer ein, dass mir in der frischen Luft nicht ganz so schnell übel wird. Ein Matrose scheucht uns ins Innere der Fähre. Überall wurden Seile angebracht, an denen man sich entlanghangeln kann.

Die nächste Ansage weist darauf hin, dass im Bordrestaurant nicht mehr serviert wird.

Das berührt mich nicht. Essen wollte ich sowieso nicht, das wäre eh für die Katz. Oder müsste ich an dieser Stelle eher schreiben: für die Fische?

Schon wieder eine Durchsage: Der Sturm wird heftiger als erwartet ausfallen.

Echt? Super! Es macht irre Spaß. In den Fluren werde ich unkontrolliert mal rechts, mal links an die Wand geschleudert. Der Boden steigt steil an, ich kämpfe mich den Gang hoch, plötzlich ist er steil abfallend und ich bekomme so richtig Tempo drauf, bis es wieder bergauf geht. Grandios! Wie Achterbahnfahren zu Fuß.

Was interessiert den Leser?

Heute nächtigen wir in Zadar. Nein, nicht wirklich. Es war geplant, in der kroatischen Hafenstadt an der Adria zu übernachten, das Hotel hatte aber die Reservierung verschusselt, bot als Ausweichmöglichkeit eine abseits in der Pampa gelegene, wie ein Gefängnis eingezäunte Nudistenanlage an mit dem Zugeständnis, dass wir uns dort nicht entkleiden mussten.

Der Anblick der Figuren und bestimmter Körperteile der Omas, Opas oder der Kegelbrüder war keine richtige Erbauung. Mich, selbst mit Kleidung, auf einen Stuhl zu setzen, von dem gerade ein Anhänger der Freikörperkultur aufgestanden war, fand ich ebenfalls nicht prickelnd, werde das aber nicht weiter ausführen, vielleicht sind Sie ja bekennender FKKler und lieben es, im textilfreien Supermarkt Obst auszuwählen und an der Wursttheke zu stehen.

Die Entscheidung, welche Urlaubsepisoden ich zu Papier bringen kann, ist nicht leicht. Auf Reisen traf ich Bienenesser, einen Skorpion und Claudia Schiffer. Wie kann ich beurteilen, welche dieser Begegnungen Sie interessieren könnte?

Die Neunte

Seit Wochen schreibe ich an einer kurzen Zusammenfassung der Namibiareise, gerade wurde die achte Version im Papiermüll entsorgt. Mir gelingt der Spagat zwischen Herz und Verstand nicht. Jedenfalls nicht so, wie ich es mir wünsche. Mein ganz persönlicher Zwiespalt zieht sich durch die gesamte Beschreibung des Aufenthaltes. Das wird dem Land nicht gerecht, denn Namibia ist so wunderschön, gehört eindeutig zu meinen Top Five.

Ich flog in kein Krisengebiet, trotzdem checkten mit mir einige Herren mit zu lang geratenen, eckigen Geigenkästen ein. Auf dem Transfer vom Flughafen nach Windhoek entdeckte ich als erste Sehenswürdigkeit eine Großfabrik mit der deutschen Aufschrift ›Trophäendienst‹. Dort werden die Tiere also aufbereitet und ihren neuen Eigentümern zugesandt.

Zwei Tage verbrachte ich alleine in Windhoek, landete gleich am ersten Abend zufällig in einem Restaurant, das Straußensteak anbot, was ich aus Neugier wählte. Das zarte dunkelrote Fleisch schmeckte unglaublich lecker. Ich war enttäuscht, wenn im weiteren Verlauf der Reise in einem Lokal kein Straußengericht auf der Speisekarte stand.

Die Gruppe, mit der ich mich am dritten Tag zur Fahrt in den Süden traf, war überschaubar. Ein Ehepaar, ein junger Mann und unsere Fahrerin, Begleiterin und Reiseleiterin in Personalunion. Sie war Deutsche, in Namibia geboren, hatte kürzlich einen Antrag gestellt, die namibische Staatsangehörigkeit annehmen zu wollen, um bei einer politischen Krise nicht ausgewiesen und von der von ihren Eltern aufgebauten Jagdfarm vertrieben werden zu können.

Wir übernachteten unterwegs meist auf Farmen, sprachen mit den deutschen oder belgischen Besitzern. An die genauen Zahlen kann ich mich nicht erinnern, aber für die Versorgung eines weidenden Rindes wird in Europa eine bestimmte Anzahl an Quadratmetern angesetzt, in Namibia sind es Quadratkilometer, da aufgrund der Trockenheit nur sehr spärlich Pflänzchen wachsen. Das große Areal muss eingezäunt, die Zäune ständig kontrolliert werden, damit die Tiere nicht weglaufen. Mit der Rinder- oder Schafzucht und der Vermietung von Zimmern verdient man nicht genug zum Überleben, aber mit der Großwildjagd. Tiere, die man sowieso wegen ihres Fleisches schlachten würde, bietet man zum Abschuss an. Der ›Jäger‹ blecht ordentlich dafür, bekommt Fell, Kopf und Gehörn (je nach Tierart), die Farmer behalten immer die essbaren Teile für den eigenen Verzehr oder den Verkauf an Restaurants. Dieses Arrangement ist zweckvoll und geschäftstüchtig.

Aber wo ist die Grenze, also die in meinem Kopf? Raubkatzen, Schakale und Hyänen werden nicht für den Speiseplan geschossen, sondern zum Schutz der Weidetiere. Ein Zebra darf man für etwa 700 Euro abknallen. Essen kann man es sicher, man schlachtet ja auch Pferde. Dass ich wegen eines Zebras in den Zoo gehe, ist typisch für unsere Breiten, in Namibia gehören sie zum Landschaftsbild und futtern die wertvollen Gräser weg.

Ein Giraffenabschuss kostet ca. 2.000 Euro, bedarf einer besonderen Genehmigung. Sind Sie schon einmal einer Giraffe in freier Wildbahn begegnet? Dieser liebe und harmlose Blick …

Ich lernte einen netten Mann kennen. Alles passte, wäre da nicht seine große Liebe zur Jagd gewesen. Stolz zeigte er mir Fotos von der Farm, auf der er mit Freunden logierte, von der malerischen Umgebung, den traumhaften Sonnenuntergängen und von einem toten, künstlerisch drapierten, lebendig wirkenden Hartebeest, dahinter der herzlich lachende Jäger, ein Knie auf dem Rücken der Kuhantilope, die Schusswaffe triumphierend erhoben. Einer seiner Freunde in gleicher Pose mit einem Schakal, ein anderer mit einem Kudu. Da entgleisten meine Gesichtszüge.

Er erklärte mir, dass einige Tierarten wegen des ökologischen Gleichgewichts dezimiert werden müssen, da sie keine natürlichen Feinde haben, andere wiederum nachgezüchtet und ausgewildert werden, weil man davon bereits zu viele abgeknallt … sorry, ich meine natürlich verspeist hat. Ein Teil der Einnahmen durch die Großwildjagd wird für den Naturschutz verwendet …

Von Fotosafaris in der Etoscha-Pfanne zurückgekehrte Touristen hatten mir erzählt, dass sie keinen einzigen Elefanten gesehen hätten. Durch die in diesem Jahr heftig ausgefallenen Regenfälle hielten sich die Rüsseltiere nicht in der Nähe der großen Wasserstellen auf, an denen sie normalerweise anzutreffen waren. Es gab genügend Ausweichstellen. Ich fragte meinen Jäger danach. Er und seine Freunde hatten jede Menge Elefanten gesehen. Wohl wegen meines skeptischen Gesichtsausdrucks ergänzte er: »Der Besitzer der Farm flog mit seinem Sportflugzeug voraus und gab durch, welche Route wir einschlagen sollten.« Das ist äußerst praktisch, so mussten sie nicht lange suchen, auch die Tiere nicht, die sie zu jagen beabsichtigten.

Am letzten Abend in Windhoek ging ich wieder in das Restaurant in der Independence Avenue. Strauß gab es diesmal leider nicht, die Tageskarte empfahl *gemsbok*. Das Fleisch schmeckte äußerst delikat. Wie ich später nachgesehen habe, handelt es sich dabei um diese wunderschönen Oryx-Antilopen mit den spitz zulaufenden, geraden Hörnern und der schwarz-weißen Maskenzeichnung im Gesicht. Woran liegt es also, dass ich mit Genuss einen Strauß vertilge, bei anderen Tieren ein ungutes Gefühl habe? An der Optik? Eher nicht. Man sagt mir einen etwas eigenartigen Geschmack nach. Bei einem Affenbaby gerate ich nicht in Verzückung, mein Zoopatentier ist ein Schmutzgeier. Ich mag auch Hyänen. Weil sie einen schlechten Ruf haben? Weil sie nicht dem Schönheitsideal entsprechen?

Im Flugzeug nach Frankfurt lernte ich die Reisegefährten des charmanten Jägers kennen, die wegen zu kurzfristiger Buchung nicht in der besseren Klasse sitzen konnten. Er wollte mir seine Freunde vorstellen, aber das erledigten sie selbst: »Ich bin Freddy.« Ich erkannte ihn sofort, das war der mit dem Kudu für 1.200 Euro.

»Stefan. Mir gehört die Farm.«

Fehlte noch der Schakal. »Hartmut«, sagte er, wies dann auf die Dame neben sich. »Und das ist Anja, meine derzeitige Freundin.«

Niemand lachte. Schüchtern reichte sie mir die Hand und Stefan ein Glas Champagner.

Empfehlung des Hauses

Gerade habe ich im Internet ein Sonderangebot entdeckt: 5 Tage Aufenthalt inklusive Vollpension, Getränke (auch alkoholische), Jäger, Pirschfahrten, drei Abschüsse (Oryx, Steinbock, Warzenschwein) und das Abhäuten der Opfer. Und das alles für nur knapp über 2.000 Euro. Ein wahres Schnäppchen. Wäre das nichts für Sie?

Keine Bange. Nur 200 Farmen (ca. 20 Prozent) sind ausgewiesene Jagdfarmen, die in der Regel keine andersgearteten Gäste aufnehmen. Es könnte ja heikel werden, wenn auf einer Pirschfahrt ein Naturfreund seinen Foto in Anschlag bringt, der Jäger neben ihm das Gewehr.

Ich hoffe, ich habe Sie jetzt nicht verschreckt? Ich hätte dieses Thema weglassen können, aber gehört es nicht auch dazu?

Namibia ist eines der schönsten Länder, die ich bereisen durfte. Ich zähle einfach mal einige Highlights auf:

Die für den Südwesten Afrikas eher unerwartete Architektur der Städte mit Häusern und Kirchen, die eindeutig deutschen Einfluss aufweisen, oft auch noch mit ›Kaiserliches Postamt‹, ›Turnhalle‹ oder ›Kolonialwarenladen‹ beschriftet sind.

›Der Spielplatz der Riesen‹, Hunderte Granitbrocken, zwischen denen Köcherbäume wachsen. Auch wenn sie mit dem geraden Stamm und Ästen ein wenig so aussehen, sind es keine Bäume, sondern Aloen, die bis zu acht Meter hoch werden und einige Jahre ohne Wasser auskommen können.

Der gigantische Fish River Canyon, nach dem Grand Canyon der zweitgrößte der Welt.

Ein Arbeiter von einem der Trupps, die die Bahngleise vom Sand freihielten, fand 1908 in der Nähe von Lüderitz einen glänzenden Stein und brachte ihn seinem Chef. Der Oberbahnmeister sicherte sich die Rechte, und es entstand die kleine Ansiedlung Kolmanskop mit Wohnhäusern, einer Schule und einem Kasino für Veranstaltungen und Bälle sowie einer Kegelbahn. Alle Baumaterialien und Einrichtungsgegenstände kamen mit dem Schiff von Deutschland, das Wasser in Tankern von Kapstadt, bis man eine eigene Entsalzungsanlage baute. 1929 entdeckte man im Oranje, dem Grenzfluss zu Südafrika, noch größere Diamanten, so dass man 1938 die Förderung in Kolmanskop einstellte. Die seit 1950 verlassene Diamantenstadt, die sich nach wie vor in Sperrgebiet befindet, wird langsam von Sanddünen zugedeckt. Sie hat mich sehr beeindruckt, zeigt sie doch deutlich die Vergänglichkeit. In einige der bereits halb verschütteten Häuser durften wir wegen der Einsturzgefahr nicht hinein, konnten aber im Kasino eine Runde kegeln.

Helmeringhausen mochte ich besonders. Diesen Ort findet man auf jeder Landkarte, weil es hier eine Kreuzung gibt, Gäste auf dem Weg von Lüderitz nach Swakopmund bzw. Walvis Bay, zum Sossusvlei und zu Schloss Duwisib vorbeikommen müssen. Die Ansiedlung an diesem wichtigen Verkehrsknotenpunkt besteht aus einem Hotel, einem kleinen Geschäft, einer Tankstelle und einem Haus, in dem der Laden- und Tankstellenbetreiber wohnt.

Schloss Duwisib, eine Ritterburg mitten im Nichts, auf der einst Pferde gezüchtet wurden. Auch für dieses imposante Bauwerk kamen alle Materialien aus Deutschland. Heute ist es ein Museum.

Die malerische Küstenstadt Swakopmund mit dem alten Leuchtturm und der 260 Meter ins Meer ragenden Landungsbrücke, die nie als solche genutzt wurde. In einer Fabrik kaufte ich mir Kudulederschuhe. Die Haut der hellbraunen Antilopen mit den markanten weißen Streifen, die sich über den Rücken ziehen und am Bauch auslaufen, ist ein sehr weiches Material, das sich beim Tragen durch die Wärme der Fußform anpasst, auch ohne Socken keine Scheuerstellen und somit keine Blasen entstehen.

Die Wüste Namib mit Felsen, Canyons, Geröll, Schotter, der berühmten Welwitschia-Pflanze und selbstverständlich auch Sanddünen. Das Gebiet um den Sossusvlei ist die Hauptattraktion Namibias.

Ein Vlei ist eine Senke, in der sich nach starken Regenfällen ein See bilden kann, der langsam vertrocknet. Deshalb gibt es an den Vleis außer Oryx-Antilopen, die ohne Wasser auskommen, keine Tiere. Wenn der Fluss Tschauga Wasser führt, läuft es Richtung Namib ab. Wegen des sandigen Untergrunds versickert das Wasser meist vorher, nur alle paar Jahre erreicht es den Sossusvlei inmitten der bis zu 300 Meter hohen Sanddünen. Stellen Sie sich vor, nach dem Regen entsteht ein reißender Fluss, der über Millionen von Jahren den Sesriem Canyon ausgewaschen hat, der sich dann in Wohlgefallen auflöst, einfach weg ist.

Die letzten Kilometer zum Vlei dürfen nur mit Allrad-Fahrzeugen befahren werden. Der Besitzer unserer Gästefarm bietet an, uns hinzubringen. Sein Jeep verfügt aber nicht über genug Sitzplätze, so treffen wir uns mit ihm am Eingang des Nationalparks, von hier sind es noch etwa 60 Kilometer. Wir klettern auf die offene Ladefläche (Im Park gilt keine Straßenverkehrsordnung – oder man beachtet sie nicht.), klammern uns an einer Haltestange über der Fahrerkabine fest und fahren über eine Stunde durch die Wüstenlandschaft. Die reine Luft, der Fahrtwind … das ist Natur hautnah.

Und wir hatten das Glück, dass inmitten der glutheißen Wüste Wasser im Vlei stand. Da an diesem Mittag nur unsere Kleingruppe den idyllischen Platz besuchte (der Aufenthalt bei Sonnenauf- und -untergang wird wegen der Lichtverhältnisse besonders empfohlen), stand jedem von uns eine eigene Düne zur Verfügung, die er erklimmen konnte. Ich kämpfte mich durch den Sand bis ganz nach oben, und als ich über den Kamm blickte, lag vor mir eine endlos scheinende unberührte Dünenlandschaft.

Über eine Stunde saß ich dort. Eine lange Zeit, sagen Sie. Wie ich sie verbracht habe?

Zunächst einmal die Sandkörner genau betrachten, einige zu einem Hügelchen anhäufen und beobachten, wie sie den Hang hinunterrieseln, dabei eine feine Spur hinterlassen. – Die Wasserflasche aus der Tasche ziehen und einen Schluck trinken. – Ein paar Tränchen vergießen, weil ich lebe und diese Naturschönheit bewundern darf. – Den Wasserrand des Vleis mit den Augen verfolgen und überlegen, wie hoch das Wasser in diesem Jahr gestanden haben mag. – Die benachbarten Dünenkämme nach einzelnen Punkten absuchen um festzustellen, wo sich die Mitreisenden aufhalten. – Die Stille genießen. – Meine hinterlassenen Fußspuren betrachten und überlegen, wie lange sie wohl sichtbar bleiben werden, und entscheiden, ob ich den gleichen Weg wieder nach unten stapfen soll. – Mich mit den Füßen abstützen und wieder nach oben hieven, weil mein Allerwertester langsam den Hang hinunterrutscht. – Einfach nur glücklich sein und lächeln. – Ein paar Fotos machen. – Nochmals über den Dünenkamm spähen, aber vorsichtig, weil es dort sehr steil abwärts geht. Mir Gedanken darüber machen, wie klein ich doch im Verhältnis zu dieser Weite bin. – Die vereinzelten Bäume mit ihren bizarren Verästelungen studieren, damit ich sie später aus dem Gedächtnis nachzeichnen kann. – Meine Hände in den warmen Sand graben und spüren, wie er kühler wird, je weiter meine Finger eintauchen. – Nach Oryx-Antilopen Ausschau halten. – Mich freuen, dass keine weiteren Reisegruppen anwesend sind. – Die Uhr im Auge behalten, eine Stunde vergeht rasch. – Laut lachen, weil es mir gut geht und ich genau in diesem Moment hier sitze. – Meinen Begleiter, den Reisezwerg Griesgram, aus der Tasche holen, ihm alles zeigen und erklären, von ihm im Sand ein Erinnerungsfoto machen. – Die Ereignisse der vergangenen Tage Revue passieren lassen. – Mir darüber klarwerden, dass dies hier der absolute Höhepunkt der Reise ist.

Ja, man hat wirklich verdammt viel zu tun auf so einer einsamen Sterndüne.

Fahren Sie einmal nach Namibia. Solange Sie sich von den Herren mit den eckigen Geigenkästen fernhalten, wird es ein unvergesslicher Urlaub. Versprochen.

Der Schwarze Hai

Ein Bekannter hatte sehr günstige Flugtickets nach Nassau/Bahamas angeboten bekommen. Bedingung: Rückreise vor Saisonbeginn am 24. Dezember. Wir beschlossen, zwei Wochen in der Sonne zu verbringen. Die von Deutschland aus buchbaren Hotels mit Privatstrand, Pool und sonstigen Annehmlichkeiten waren absolut überteuert, so viel wollten und konnten wir nicht dafür ausgeben. Wir würden uns selbst ein günstiges Hotel suchen.

Allerdings erhielten wir ohne Hotelnachweis keine Einreisegenehmigung. Eine Bedienstete am Flughafen reservierte für uns Zimmer, auf unseren Wunsch in einem Gästehaus. Wir beschlossen, dort zu übernachten und uns am nächsten Tag in aller Ruhe nach einer schönen Unterkunft umzusehen.

Ein Taxi brachte uns in Nassau in eine ruhige Seitenstraße zu einem hübschen Haus. Im unteren Stockwerk lebte eine Witwe, die Kinder waren erwachsen und ausgezogen, die erste Etage vermietete sie. Da außer uns keine weiteren Gäste erwartet wurden, war die Herberge ideal: Billig und wir waren unter uns, blieben beide Wochen.

Den öffentlichen Strand erreichten wir in wenigen Minuten. Die gesperrten Abschnitte der großen Hotels wurden jeden Morgen gereinigt, der Sand gereccht, dafür berechnete man von Nicht-Gästen sechzehn Dollar Eintritt. Aber wir wollten sowieso nicht den ganzen Tag am Strand liegen, sondern die Insel ansehen und Ausflüge machen, also begnügten wir uns mit dem ungepflegten Teil. Dosen, Flaschen, Tang und allerhand Unrat zierten den Sand, aber für die wenigen Stunden am Tag sahen wir darüber hinweg. Der öffentliche Teil befand sich in einer seichten Bucht. Traumhaft klares Wasser, mäßiger Wellengang, sanft abfallender Strand. So sanft, dass man weit ins Wasser hinein laufen musste, um überhaupt schwimmen zu können.

Wir erkundigten uns nach der Sicherheit. Kein Problem, hieß es. Sollte sich allerdings ein Hai hierher verirren, würde er gerade wegen des flachen Wassers in Panik geraten und aggressiv werden, was aber nur selten vorkomme. Es blieb offen, was die Wirtin unter ›selten‹ verstand.

Es war nicht viel los an unserem Strand. Einige Omas mit Enkeln verbrachten hier Stunden, am späten Nachmittag kamen zahlreiche Einheimische, die sich nach der Arbeit aber nur kurz im Meer abkühlten. Nachts wurde wohl gefeiert, was man an den sich ständig vergrößernden Müllansammlungen erkennen konnte.

Heute laufen wir zum Queen's Staircase. Ursprünglich als ›Notausgang‹ für das Fort Fincastle angelegt, ist diese 65-stufige Treppe eine Sehenswürdigkeit für sich. Auf einer Seite von einer Mauer begrenzt, ergießt sich auf der anderen ein malerischer, allerdings künstlich angelegter Wasserfall über fünf Terrassen in ein von Palmen umsäumtes Becken.

Wir erledigen noch einige Einkäufe und bummeln über den Strohmarkt, den man sich immer wieder anschauen kann. Die Vielfalt des sehr farbenfrohen Angebots an Taschen, Körben,

Sonnenhüten, Püppchen und Schnitzereien macht einfach gute Laune, vermittelt das perfekte Urlaubsfeeling. Dann geht es zum Strand.

Meer ist für Brillenträger gefährlich. In Südafrika wurde einem Mitreisenden von einer Welle die Sehhilfe von der Nase gerissen und fortgespült. Das brauche ich wirklich nicht. Deshalb schaue ich mir immer an, ob Glasscherben oder Ähnliches auf meinem Weg liegen, lasse die Brille bei den Sachen zurück und laufe halb blind zum Schwimmen.

Ist das schön! Ich bin ganz alleine, das Wasser erfrischend, kühl und klar. Ich schwimme circa fünfzig Meter raus. Plötzlich sehe ich etwas Dunkles vor mir. Es bewegt sich, einige Zentimeter unter der Wasseroberfläche, kommt näher, ist vielleicht so einen Meter lang. Shit!

Ich drehe mich auf den Rücken, paddele schnell, aber nicht hektisch zurück, schaue immer wieder nach dem großen Tier. Nur langsam kommt es heran.

Bald habe ich festen Boden unter den Füßen, haste mit großen Sätzen aus dem Wasser und schlendere gemütlich zu unserem Platz, will keine eventuell unberechtigte Panik auslösen. Ich weiß ja nicht, was für eine Fischart es ist.

Die anderen wundern sich, dass ich so schnell wieder da bin.

»Mir ist es heute zu kalt«, sage ich cool, »aber ich gehe noch ein bisschen mit den Füßen rein.«

Ich schnappe mir meine Brille und laufe zum Wasser zurück. Der Hai kommt stetig näher, mit jeder Wellenbewegung. Er schwimmt nicht, lässt sich treiben und spült eine halbe Stunde später als schwarze Stoffhose an Land.

In eigener Sache

›Dieses Buch besticht durch seine literarische Qualität‹, las ich letztens in einem Klappentext. Abgesehen davon, dass ich sie nicht erkannte, möchte ich betonen, dass ich keinerlei literarischen Anspruch an meine Texte stelle. Ich möchte Ihnen Geschichten übermitteln, und zwar so, wie ich sie erzählen würde.

Einige erklärende Beschreibungen zu den jeweiligen Reisezielen müssen meiner Meinung nach einfließen, um einen Eindruck zu bekommen. Reichen die Informationen aus? Sind sie überhaupt interessant? Oder sind die Geschichten zu persönlich, was sie ja auch sein sollen? Ich habe sie genau so erlebt.

Damit sind wir schon beim nächsten Problem. Ich wollte schon nachzählen, wie oft ich ICH geschrieben habe. Ich bin kein Abenteurer, kein Held, habe mich nicht alleine mit Ruck- und Schlafsack durch fremde Länder geschlagen. Fast alle Reisen waren organisiert.

Wieder ein Problem: Je besser alles funktionierte, umso weniger gibt es darüber zu berichten. Eine nette Geschichte wird oft erst daraus, wenn etwas Unvorhergesehenes geschieht, etwas anders als erwartet abläuft, was bei der Schilderung allerdings oft einen negativen Eindruck hinterlässt. Ich garantiere, dass ich nicht in ferne Länder gereist bin, um Missstände aufzudecken oder Mängel zu suchen.

Mein viertes Problem: Die Auswahl. Ich liebe Andorra, Nordamerika, die Toskana, Toronto, Paris, Las Vegas, Barcelona, Chicago, Venedig, San Francisco …

Die Schwerpunkte dieses Buches liegen allerdings eindeutig auf Marokko, dem Oman und dem Jemen. Diese Länder wählte ich aus, weil sie mich besonders beeindruckten und nicht zum touristischen Standardprogramm gehören. In London und an der Algarve verweilten Sie sicher auch schon und können darüber Ihre eigenen Abenteuer zu Papier bringen. Sie werden erstaunt sein, wie viel Ihnen dazu einfällt, wenn Sie sich gedanklich einige Tage intensiv mit den Örtlichkeiten, Menschen und Geschehnissen befassen. Versuchen Sie es doch einmal. Es muss ja nicht literarisch wertvoll sein.

Eisbären und Pinguine

Die Bahamas im Dezember. Auf den Palmen bunt flackernde Lichterketten, alle Schaufenster winterlich dekoriert mit Bergen von Watteschnee, Schlitten, Eisbären, Pinguinen, aufblasbaren Tannen und Schneemännern.

Am Strand kommen wir mit einer Einheimischen ins Gespräch. Sie hat noch nie die weiße Pracht im Original gesehen, interessiert sich sehr dafür, fragt:»Und wenn so richtig viel Schnee und Eis liegt, dann ist es doch sicher warm, oder?«

»Wie kommen Sie darauf?«

Sie zögert.»Hinten aus dem Kühlschrank strömt doch auch warme Luft.«

Auf dem ersten Platz

Ich bin zum ersten Mal in Spielberg und neugierig auf die Strecke. Es wird wahrscheinlich das letzte Rennen der Formel 1 auf dem Österreichring sein. (Heute fährt man dort wieder.)

Beim Begrüßungscocktail im Hotel verteilt der Chef die Eintrittskarten. Freitag und Samstag besteht freie Platzwahl auf den gebuchten Tribünen, beim Rennen am Sonntag werde ich auf der Haupttribüne sitzen, direkt gegenüber der Boxen der führenden Teams, und zwar – welch Glück! – auf dem ersten Platz der Reihe 14.

Hatte ich bereits erwähnt, dass ich mit Höhe Probleme habe? Dazu zählt auch das freie Balancieren durch Sitzreihen. Alle Fans sind ausgerüstet mit Taschen oder Rucksäcken für Foto, Verpflegung, Jacke, Sonnencreme und Regenschutz. Manche schleppen außerdem Fahnen und die dafür benötigten Stangen mit, Druckluftfanfaren, Ferngläser, Plastiktüten voller Souvenirs, gefüllte Getränkebecher. Wenn man sich durch eine besetzte Reihe quetschen muss, steht kaum eine freie Stelle zur Verfügung, den Fuß aufzusetzen, schon gar nicht für meinen mit Schuhgröße 43. Aber ich habe ja Platz 1.

Sonntag. Renntag. Gleich werden meine Lieblinge starten: Piquet, Senna, Prost, Berger, Mansell, Patrese, Nannini. Ich kann es kaum erwarten.

Trotz meiner Ungeduld harre ich aus, bis sich der Vorplatz leert. Wenn ich zu früh am Gang sitze, müssen alle über mich steigen. Das ist kein Vergnügen.

Die ersten Motoren heulen auf. Es sind zwar nur Probestarts, aber ich darf nichts verpassen, also schnell hoch auf die Tribüne. Der erste Platz meiner Reihe ist besetzt. Ich frage nach. Der Herr hat Sitz 28, der auf der anderen Seite des Ganges 29.

Wo bitte gibt es eine Nummerierung, die in der Mitte anfängt? Die Reihe beginnt logischerweise an der Abgrenzung zum nächsten Block. Hätte ich doch nur vorher nachgeschaut. Immerhin hatte ich zwei Tage Zeit. Aber es war alles so spannend …

Strafe für so viel Dummheit muss sein: Ich quäle mich an 27 Fans vorbei, alle mit sperrigem Gepäck und Getränken in der Hand, und erreiche – was nichts mit der Wetterlage zu tun hat – völlig durchgeschwitzt meinen tollen Platz Nummer 1.

Der unsichtbare Bus

Ich besuchte Bekannte in der Nähe von Neustadt an der Weinstraße. Wir verbrachten einen schönen Nachmittag. Um halb sechs marschierte ich los zur Bushaltestelle. Das war zwar viel zu früh, aber ich wollte sichergehen, musste den Bus um sechs unbedingt bekommen, um in Neustadt meine geplanten Anschlusszüge zu erreichen.

Bis zur Abfahrtszeit trudelten weitere Fahrgäste ein. Mit acht Personen warteten wir auf das Verkehrsmittel, das nicht kam.

»Im Nachbarort ist Weinfest«, meinte ein Mann. »Da verspätet sich der Bus vielleicht um ein paar Minuten, wird sicher gleich um die Ecke biegen.«

Pustekuchen.

Nach zwanzig Minuten wurde ich unruhig. Es wird knapp mit dem Umstieg. Ich studierte nochmals den Fahrplan. Samstags alle 60 Minuten zur vollen Stunde. Unten auf dem Anschlag stand eine Notfallnummer der Verkehrsbetriebe, die ich anrief; es hob niemand ab.

Es wurde halb sieben, viertel vor. Im Geiste sah ich meinen Zug in Neustadt abfahren. Jetzt war es egal. Ich werde den nächsten Bus nehmen und mich weiter durchschlagen, spätere Verbindungen hatte ich nicht notiert. (Das wird mir nie wieder passieren.)

Einige Mitreisende sind wieder nach Hause gegangen. Sie wollten ins Kino, wozu es nun aber zu spät ist. Dafür treffen neue Passagiere für den Bus um sieben ein, der auch nicht kommt. Beim Nottelefon hebt immer noch niemand ab. Die Bekannten möchte ich nicht belästigen, sie bewirteten noch weitere Gäste.

Um zwanzig nach sieben habe ich die Nase voll. Ich brauche ein Taxi. Sofort! Keiner der Wartenden hat eine entsprechende Telefonnummer im Kopf. In der Nähe befindet sich eine Kneipe. Wenn ich hineingehe und der Bus gerade kommt … Die

Mitstreiter versprechen, ihn aufzuhalten. Um halb acht betrete ich den Schankraum und bitte den Wirt, mir ein Taxi zu rufen.

»Das lohnt sich nicht«, sagt er. »Bis der Wagen von Neustadt hier ankommt, ist es acht, da können Sie auch den Bus nehmen.«

»Eben nicht«, erkläre ich. »Ich warte schon fast zwei Stunden …«

»Das kann nicht sein, die Busse fahren stündlich«, stellt er durchaus logisch fest.

Ich bestehe darauf, dass er ein Taxi bestellt, pendele ständig zwischen Theke und Fenster. Die anderen Betroffenen warten noch brav.

Kurz vor acht trifft das Taxi ein. Ich nehme noch einen Vater und Sohn mit, die es ebenfalls eilig haben.

»Warum sind Sie nicht mit dem Bus gefahren? Der kommt doch gleich«, beginnt der Fahrer das Gespräch. Nicht schon wieder!

Zwei Stunden später als geplant erreiche ich den Bahnhof. Der nächste Zug nach Mannheim ist ein Eilzug. Ich werde beim Schaffner nachzahlen, der mir auch gleich die weiteren Verbindungen nennen kann. Es kommt kein Schaffner.

»Wegen eines Personenschadens verspätet sich der ICE nach Frankfurt um unbestimmte Zeit«, verkündet der Lautsprecher im Mannheimer Bahnhof. Ich nehme einen Zug nach Heidelberg, von dort den nächsten nach Darmstadt, dort die S-Bahn. In Frankfurt muss ich nur wenige Minuten auf meinen Anschluss warten, die letzte S-Bahn Richtung Friedberg. Wenigstens da war mir das Glück hold, sonst hätte ich wieder ein Problem gehabt …

Statt um neun am Abend erreiche ich um kurz vor eins am nächsten Morgen die Heimat. Was für ein Horrortrip.

Am Montag rufe ich die Notfallnummer in Neustadt an. Hurra! Ein Mensch!

Auskunft: »Am Samstag gab es keine Unregelmäßigkeiten, alle Busse fuhren planmäßig. Dass das Telefon unbesetzt war, ist nicht möglich. Sie haben sicher eine falsche Nummer gewählt.«

Ich bestehe darauf, dass kein Bus fuhr und die Telefonnummer genau die war, die ich gerade gewählt habe, sie war ja gespeichert. Die Dame will sich erkundigen, ich soll mittags nochmal anrufen. Dann die Auskunft: »Alles verlief normal. Der Fahrer erinnert sich, in diesem Ort einige Fahrgäste aufgenommen zu haben.«

»Unmöglich«, beharre ich.

Sie wird sich den Fahrtenschreiber ansehen, ich soll mich in zwei Tagen melden.

Am Mittwoch hat die zuständige Dame frei, die Kollegin weiß von nichts. Am Donnerstag die Auskunft: »Der Bus fuhr pünktlich am Endhaltepunkt ab und erreichte Neustadt ebenfalls pünktlich. Sie haben wohl an der falschen Stelle gestanden.«

In dem Dorf gibt es nur eine Haltestelle, und wahrscheinlich befindet sie sich dort, wo auch die anderen Fahrgäste warteten und der Fahrplan hing mit der Telefonnummer. Aber was soll ich weiter diskutieren? Was soll es bringen? Ich belasse es dabei.

Zwischenzeitlich hatte ich eine E-Mail an die Bekannte geschrieben und mich für den schönen Tag bedankt. Sie freute sich darüber, fragte höflich nach, ob ich gut nach Hause gekommen sei. Ich schilderte ihr den Ablauf. Wir haben unter Verwendung zahlreicher Smileys herzlich gelacht.

Trotzdem lässt ihr der Vorfall keine Ruhe. Sie kontaktiert die Verkehrsbetriebe, erfährt, dass alles normal verlaufen sei, sich außer mir auch niemand beschwert hat, ich wahrscheinlich an der falschen Stelle gewartet hätte. Die Bekannte kennt mich gut genug, mir diese Blödheit nicht zuzutrauen. Als sie Wochen später in Neustadt ist, geht sie persönlich ins Büro des Busbetreibers. Die zuständige Dame ist nicht anwesend, wieder ein Mittwoch. Ihre Kollegin weiß von nichts. Als sie das Datum hört, ruft sie freudig: »Das war ein Samstag, da hatten wir unser großes Betriebsfest.«

Die Bekannte fragt: »Und wer hat dann die Busse gefahren?«

»An diesem Nachmittag wurde die Personenbeförderung von einem Subunternehmer durchgeführt.« Sie stutzt, überlegt. »Da war doch auch Weinfest im Nachbardorf. Gut möglich, dass ein Fahrer nicht durch die Orte, sondern über die Umgehungsstraße gefahren ist ...«

Na, wenn das keine positive Wendung ist. Endlich muss ich mir keine Gedanken mehr über die Finanzierung einer neuen Brille machen, sondern kann weiter eifrig in Urlaubskatalogen blättern.

Durchblick

Wenn man schon mal in der Nähe ist ...

An der Hotelrezeption in Las Vegas buche ich eine Bus-Tagesfahrt zum Grand Canyon. Die Schlucht erstreckt sich über 450 Kilometer. Auf einer früheren Reise hatte ich bereits zahlreiche Einblicke gewinnen können, der Skywalk existierte damals jedoch noch nicht. Und genau dort will ich hin.

Alles Bewegliche, wirklich alles, selbst die Münze in der Hosentasche, muss in einem Schließfach deponiert werden. Wie ein Gepäckstück am Flughafenschalter um den Griff, bekommen wir eine reißfeste Banderole um das Handgelenk gelegt, der Barcode wird eingescannt. Ich gehe davon aus, dass diese Maßnahme zum Führen einer Statistik dient, wie lange ein Besucher auf der Plattform verweilt, und nicht, um abends festzustellen, wie viele den direkten Abgang nach unten wählten.

Mit Plastiküberzügen um die Schuhe darf man ein einziges Mal über die hufeisenförmige Glasplattform laufen, zwar zwischendurch stehen bleiben, aber keinen Schritt zurück machen.

Ich komme bis zu der Stelle, an der der Untergrund unter meinen Füßen, genauer gesagt unter dem Glasboden unter meinen Füßen abfällt. Dann geht nichts mehr. Ich klammere mich an die Balustrade, was völlig unsinnig ist, da diese ebenfalls aus Glas besteht. Ich versuche, meine Schuhe – zumindest optisch – quer auf den umlaufenden schmalen Metallstreifen (unterhalb der Glasplatte) zu platzieren, aber auch das bringt keine Sicherheit. Vorsichtig schlurfe ich zurück auf undurchsichtiges Terrain.

Verdammt! Was ist los? Ich komme extra hierher, habe 200 Dollar für diesen Ausflug ausgegeben und bin zu feige, über die Aussichtsplattform zu schlendern!?

Ich warte, bis niemand den Skywalk betreten möchte, mache zwei mutige Schritte in der Mitte und erstarre zur Salzsäule. Es geht nicht! Dabei sind es, wie ich gelesen hatte, gerade mal schlappe zweihundert Meter bis zur Talsohle des Nebencanyons. Was nun?

Plötzlich spüre ich eine warme Hand, die nach meiner greift und mich vorwärts zieht. Ich bin so verblüfft, dass ich einfach mitlaufe. Nach einigen Metern schaut das kleine Mädchen, so acht Jahre alt, zu mir auf, lacht, lässt meine Hand los und rennt davon. Ob das Kind mein Zögern bemerkt hatte und mir helfen wollte, ob es in der Aufregung über den spannenden Ausflug nicht genau hingesehen und mich für Mama oder Papa gehalten hatte oder ob es das Aufsichtspersonal austrickste (die Anlage war zu diesem Zeitpunkt noch nicht ganz fertiggestellt, man konnte durch ein Baugerüst wieder zum Ausgangspunkt gelangen) und erneut eine Runde drehen wollte, was nur in Begleitung eines Erwachsenen erlaubt war, weiß ich bis heute nicht.

Meine Angst ist jedenfalls wie weggeblasen. Unbeschwert und fröhlich rutsche ich über die Plattform, genieße den Blick nach unten und auf den Colorado River, der sich in ca. 1.100 Meter Tiefe durch den Grand Canyon schlängelt.

Ich verstehe das Bestreben des Betreibers, die Besucher zügig über die Plattform zu lotsen; bei der beschränkten Personenzahl müssten die Anstehenden ansonsten Stunden warten. Aber als die ›Wächter‹ sich unterhalten oder damit beschäftigt sind, lästige Fingerabdrücke, auch meine, vom gläsernen Geländer zu wischen, husche ich zurück und unternehme einen zweiten Rundgang. Und noch eine dritte Runde. Ich schaue, ich staune und bin glücklich, denn fast hätte ich dieses einmalige Erlebnis verpasst.

Eine neue Bekanntschaft

Einige Jahre hatte ich einen Kollegen, der nicht weit entfernt von mir im Ort wohnte. Er war dienstlich viel unterwegs, wenn er aber morgens von Zuhause ins Büro fuhr, nahm er mich immer im Auto mit, was mir Fußmärsche und die lästige Wartezeit in Frankfurt auf den Anschlusszug ersparte, dafür einen trockenen Platz, Sitzheizung und nette Gespräche garantierte.

Da ich in einer Einbahnstraße wohne, hätte der Kollege um den halben Ort fahren müssen, um mich vor der Haustür abzuholen. Deshalb ging ich ihm ein Stück entgegen. Wir hatten das gut organisiert: Er rief mich an, ließ das Telefon drei Mal klingeln, schloss seine Wohnung ab, ging die Treppe hinunter, auf die Straße, setzte sich in den Wagen und fuhr etwa zweihundert Meter bergab. Das entsprach genau der Zeitspanne, die ich benötigte, um zu unserem Treffpunkt zu laufen.

An einem dunklen Wintermorgen hatte ich gerade die Fahrbahn überquert, als der schwarze Firmenwagen angerollt kam, leicht nach rechts ausscherte und stehen blieb. Ich riss die Beifahrertür auf und ließ mich schwungvoll in den Sitz fallen, man will ja den Verkehr nicht aufhalten. Ein fröhliches »Guten Morgen« schmetternd, verstaute ich meine Tasche im Fußbereich, griff über die Schulter zum Gurt und schnallte mich an – wie immer.

Ungewöhnlich war allerdings, dass der Kollege nicht antwortete und auch nicht losfuhr. Als ich ihn erstaunt ansah, musste ich feststellen, dass ich neben einem mir völlig fremden Mann saß, der mich verblüfft anstarrte. Während ich den Gurt löste und die Tasche aufklaubte, stammelte ich eine Entschuldigung und versuchte zu erklären, dass ich an dieser Stelle morgens oft abgeholt werde … Er war nur ausgeschert, um den Gegenverkehr durchzulassen. Beim Aussteigen wünschte ich ihm einen schönen Tag. Er lachte, sah in den Rückspiegel und meinte: »Ich denke, Sie sollten das Auto hinter uns nehmen.« Tatsächlich, dort stand ein schwarzer Wagen, der die Lichthupe betätigte.

Schneller, als ich in der Firma Kaffee kochen konnte, hatte sich mein Fremdgehen im ganzen Stockwerk herumgesprochen.

Nächster Halt: Glen Canyon Dam

Ein Aufzug bringt uns auf die Krone des Staudammes, ein weiterer ins Innere. Es ist ein mulmiges Gefühl, wenn ich mir vergegenwärtige, dass sich ›gleich nebenan‹ hinter der Betonmauer der Lake Powell befindet, Millionen Kubikmeter Wasser.

Ein Ingenieur erklärt den technischen Ablauf. Alle Prozesse leuchten mir ein. Aus dicken Rohren schießt das Wasser in die

Turbinen, die Schaufeln drehen sich, die Gestänge übertragen die enorme Kraft zu den Generatoren, die laut arbeiten. Ich spüre förmlich die Energie, die hier erzeugt wird.

Mit einem dritten Aufzug fahren wir zum Fuße des Bauwerks, sehen den Ausfluss des Colorado Rivers, die Strommasten und -leitungen an den Rändern des Canyons.

Als ich abends ins Hotelzimmer trete und den Schalter betätige, geht das Licht an. Wie war das noch gleich? Wo wartet nun der Strom, bis ich ihn mit einem leichten Fingerdruck auf ein Plastikteil abrufe?

Ich werde es nie begreifen.

Rauchen verboten!

Eine nette Story erlebte ich im Jahre 2010 n. Chr. in Ulm. Nicht in der malerischen Altstadt, nicht an der Donau oder vor dem Münster, sondern am Bahnhof.

Bis zur Abfahrt des ICE nach Frankfurt verbleibt noch ausreichend Zeit. Mühelos finde ich das gelbe Rechteck und den dazugehörigen Aschebehälter. Ziemlich lachhaft, finde ich, denn der für die Umstehenden gesundheitsgefährdende Rauch hält sich nicht an diese Begrenzung. Hier in Ulm auf Gleis 1 kann er ungehindert abziehen, die Stelle ist nicht überdacht, und er schadet auch niemandem, da ich allein auf weiter Flur bin.

Während ich genussvoll vor mich hin paffe, sehe ich eine Gruppe Nonnen, die ihre Köfferchen aus dem Bahnhof rollen und sich am Gleis versammeln. (Es können auch Ordensschwestern gewesen sein, bei dieser Thematik kenne ich mich nicht hinreichend aus.) Eine ältere Nonne kommt heran und entbietet mir das hier übliche »Grüß Gott«. Sie stellt ihr Gepäck neben dem Großaschenbecher ab, tritt einen Schritt zurück und zündet sich eine Zigarette an. Normalerweise habe ich keine Probleme damit, einen lockeren Spruch für den typischen Raucher-Smalltalk abzulassen, momentan bin ich etwas überrascht. Warum eigentlich? Weil man es selten sieht? Warum sollte eine Nonne nicht rauchen? Um nicht unwissentlich einen Fauxpas zu begehen, schweige ich.

Ein älterer Mann nähert sich. Wie ein Obdachloser sieht er nicht aus, allerdings auch nicht gerade wie zur Oberschicht gehörend. Er bleibt stehen und brüllt: »Dies ist ein rauchfreier Bahnhof!«

Sicher ist der Kerl nicht mehr ganz nüchtern. Wir reagieren nicht.

»Rauchen verboten!«, setzt er nach. Einige Male schimpft er noch laut, ich weiß nicht mehr, was, dann: »Ich hole jetzt die Bahnpolizei.« Er wendet sich um und geht.

Ich überlege. Und wenn es in Ulm tatsächlich an öffentlichen Plätzen ein generelles Rauchverbot gibt, dies über die Lokalzeitungen und das regionale Fernsehen verbreitet wurde und nur die Bahn es verpennt hat, das Raucherschild zu entfernen? Auf eine Diskussion mit der Bahnpolizei bin ich nicht scharf, hinterher versäume ich noch den Zug mit meinem reservierten Fensterplatz.

»Hallo! Warten Sie!«, rufe ich.

Er kommt tatsächlich zurück.

Ruhig erkläre ich: »Dies ist ein ausgewiesener Raucherbereich. Schauen Sie, hier, das Schild.« Ich deute darauf.

»Ja«, brummelt er.

»Und die Markierung auf dem Boden«, ergänze ich. »Hier darf man rauchen.«

»Sie schon«, kotzt er mich an.

Jetzt verstehe ich überhaupt nichts mehr. Geht es darum, dass die andere Raucherin eine Nonne ist? Das möchte ich nicht ansprechen, ziehe die Sache lieber von meiner Seite her auf und frage: »Und warum ich?«

»Weil Sie sich innerhalb der Markierung befinden.«

Mein Gott, ich glaub's nicht. Aber er hat recht. Die Nonne steht tatsächlich so etwa zehn Zentimeter außerhalb der gelben Linie. Und sie ist cool. So lächerlich es auch erscheinen mag, jeder wäre doch jetzt einfach einen Schritt nach vorne getreten, die Nonne aber bleibt eisern stehen.

Der Mann zetert weiter. Ich höre nicht mehr zu, muss mir das Lachen verkneifen. Irgendwann erlöst mich die Durchsage, dass der ICE in Kürze einfahren wird.

Entweder der Mann war ein Pedant oder – was ich eher vermute – er hatte einen unglaublichen Brass auf die Kirche.

Die gesprenkelte Insel

Entdecke ich im TV-Programmheft einen meiner Lieblingsfilme, muss ich ihn mir anschauen, auch wenn es sich um die vierte Wiederholung innerhalb von drei Monaten handelt. ›Jagd auf Roter Oktober‹ kenne ich mittlerweile auswendig, kann sogar die russischen Dialoge zu Beginn mitsprechen.

›Scott und Hutsch‹ sowie ›Mein Partner mit der kalten Schnauze‹ sehe ich gerne, weil ich Hunde mag, ›Vertical Limit‹ und ›Cliffhanger‹ wegen der Berge.

Dann gibt es noch ›Auf Messers Schneide‹, den ich mir wegen der beeindruckenden Landschaftsaufnahmen von Alaska anschaue, obwohl der Film dort gar nicht gedreht wurde, und natürlich, ganz wichtig, ›The Rock – Fels der Entscheidung‹, die Geiselnahme im Zellentrakt von Alcatraz, mit Sean Connery, Nicolas Cage und Ed Harris.

Das bereits 1963 geschlossene Hochsicherheitsgefängnis auf der Insel in der Bucht von San Francisco erfreut sich großer Beliebtheit. Obwohl wir nur zu zweit sind, haben wir Probleme,

Tickets für einen Termin innerhalb unseres einwöchigen Aufenthaltes zu ergattern. Es klappt dann doch noch.

Freitagmorgen entern wir am Pier 33 mit Horden von Touristen das gebuchte Boot (zurück kann man halbstündlich nach Belieben fahren) und betreten die gesprenkelte Insel, was nicht ihrer Vergangenheit geschuldet ist, sondern Hunderten Möwen und anderen Wasservögeln, die hier ungestört brüten dürfen und weitere kleine Kacker aufziehen.

Mit einem Audio-Guide erobere ich die Anlage, begutachte den Wasser-, den Leuchtturm, das Haus der Aufseher, laufe durch den ehemaligen Speisesaal, sehe den Hof für den Freigang der damaligen Häftlinge. Ich schreite durch den beeindruckenden zweistöckigen Zellenblock und betrachte durch die Gitterstäbe die leeren und die – zur besseren Anschauung für die Besucher – eingerichteten Zellen. Sie sind begehbar, aber da bringen mich keine zehn Pferde hinein. Ich kenne die möglichen Konsequenzen, immerhin ist ›The Rock‹ einer meiner Lieblingsfilme.

Nebulös

Venedig kennen Sie bestimmt. Verliebte lassen sich durch die Kanäle gondeln, Kenner schlürfen im Caffè Florian einen überteuerten Espresso, Touristengruppen schlängeln sich vor dem Dom und dem Dogenpalast, Erkundungssüchtige wie ich können kaum noch die Füße heben, da sie bereits auf den Campanile (der Aufzug war außer Betrieb) und über 139 Brücken gestiegen sind. In den Sommermonaten ist die Lagunenstadt leider etwas überlaufen. Ich wollte sie einmal anders erleben, wofür sich der berühmte ›Carnevale di Venezia‹ anbot.

Es gibt keine Straßenumzüge. Der Besucher läuft durch die Stadt, begegnet auf größeren Plätzen, vor allem auf dem Markusplatz, an den Hauptkanälen und entlang der Lagune Hunderten majestätisch umherwandelnder Masken, wie hier die Kostümierten genannt werden, die bereitwillig für Fotos posieren. Die Teilnehmer kommen aus der ganzen Welt, zeigen ihre oft selbstentworfenen und -geschneiderten kunstvollen Roben. Keine gleicht der anderen, alle sind nur für diesen Anlass angefertigt. Hier gibt es keine Cowboys und Indianer, sondern fantasievolle farbenfrohe bis schrille Kreationen. Sehr prunkvoll, gleichzeitig fein und elegant.

Bei meinem ersten Aufenthalt herrschte eisige Kälte mit Sonnenschein und blauem Himmel. Ich fühlte mich wie in einer Märchenwelt und schoss unzählige Fotos von den Masken – im Hintergrund der Campanile, eine Straßenlaterne oder eine Gondel. Ein ästhetischer Augenschmaus.

Im Folgejahr lag Schnee, ich patschte drei Tage durch Matsch. Ein Jahr später Regen und Glatteis, auch nicht angenehm.

Bei der vierten Reise der Höhepunkt: Nebel. Das meine ich jetzt ausnahmsweise nicht ironisch. Wenn ich an den Karneval in Venedig denke, habe ich genau diese Kulisse vor Augen: Diffuses Licht, gedämpfte Geräusche, verschwommene Konturen, die der Stadt etwas Mystisches, etwas nicht Greifbares, etwas Feierliches verliehen. Und vor diesem grauen Hintergrund die prachtvollen Masken, deren Farben auch ohne Sonne strahlten. Und ich lernte die vergleichsweise dezenten Verkleidungen schätzen: die Pestdoktorenmasken oder einfach nur schwarz-weiß, erdfarben, Ton in Ton, die sich in die Umgebung schmiegten.

Ein faszinierendes Ereignis, das ganz ohne Stimmungsmusik auskommt. Ich kann es jedem nur empfehlen. Für das Wetter übernehme ich allerdings keine Haftung.

Souvenirs

Andenken kaufe ich grundsätzlich nicht. Höchstens mal spontan Kleinigkeiten, einen Teddybären, eine schöne Tasche und Ansichtskarten. Die eindrucksvollen Landschaften des Monument Valley oder des Bryce Canyon kann nur ein Profi festhalten, der genügend Zeit hat, die ideale Beleuchtung abzuwarten. Wir waren ja nur jeweils wenige Stunden dort, da genieße ich den Anblick, sauge ihn ein. Klingt komisch. Gerade diese beiden Naturschönheiten sind derart beeindruckend, dass man nur mit offenem Mund dastehen und staunen kann. Der Arches National Park und das Natural Bridges Monument waren ebenfalls sehenswert, aber nicht so spektakulär. Und der Grand Canyon ist, wie sein Name schon sagt, einfach zu ausgedehnt, um ihn sich in seiner ganzen Pracht vorstellen zu können. Wir fuhren ja nur einzelne Aussichtspunkte an.

Ach, da fällt mir ein, im Monument Valley habe ich einen Indianerschmuck gekauft, einen versilberten Wolfskopf mit Türkisstein, aber der war ein Mitbringsel.

Manche Souvenirs sind aber auch zu albern. In den Universal Studios Hollywood begegneten mir immer wieder Besucher, manchmal ganze Gruppen, die die T-Shirts mit dem Jurassic-Park-Emblem trugen. Schwarzer Stoff, ganz mein Geschmack, aber der stilisierte T-Rex-Kopf und der Aufdruck ›I survived Jurassic Park‹, wo bitte soll ich so ein Ding anziehen? Wahrscheinlich waren die Shirt-Träger Mitglieder eines Fanclubs, die sich dort trafen.

Irgendwann stand ich vor dem Eingang der entsprechenden Attraktion. Der Andrang hielt sich in Grenzen. Für eine Kindervergnügung waren eigentlich nur sehr wenige davon zu sehen, es warteten hauptsächlich Erwachsene, alle ohne die typischen T-Shirts. Ich las, dass kleine Kinder gar nicht zugelassen waren. Die Amerikaner sind ja übertrieben vorsichtig.

Wenn ein Winzling Albträume bekommt, wird gleich der Park verklagt.

Am Space Mountain im Disneyland, den ich am Tag zuvor aufgesucht hatte, standen auch überall Schilder, dass Schwangere, Epileptiker, Personen mit Kreislaufproblemen und Wirbelsäulenschäden nicht einsteigen dürfen. So schlimm war es ja nun wirklich nicht. Eine Hochgeschwindigkeitsachterbahn in fast völliger Dunkelheit, nur mit leicht glimmender Sternendekoration. Ein wenig verkrampft habe ich mich wohl doch, da die Kurven sehr ruckartig genommen wurden, ich mich nicht auf einen Richtungswechsel einstellen, die Halsmuskulatur und den Magen nicht vorwarnen konnte, wenn es plötzlich steil abwärts ging. Länger als eine Stunde war mir nicht schwindelig, die Nackenschmerzen bereits nach drei Tagen ausgestanden.

Action hatte ich also bereits, jetzt steht mir der Sinn nach einer gemütlichen Runde durch den Park der Dinosaurier. Ich habe wieder Glück, darf in der ersten Bankreihe Platz nehmen. Super, ungehinderte Sicht auf die großen Lieblinge. Wir werden mit einem gepolsterten Haltebalken fixiert. Wie übertrieben! Als wolle jemand aussteigen und Dinos knutschen. Den Foto muss ich umhängen, vorher gibt der Mitarbeiter der Anlage keine Ruhe. Unser Gefährt ist einem Schlauchboot nachempfunden, so fünf oder sechs Bankreihen mit jeweils vier Sitzplätzen.

Wir schwimmen los, werden ein paar Meter eine Rampe hochgezogen und erreichen das braune Eingangstor zum Park. Das kennt man ja aus dem Film. Es öffnet sich langsam und zwei Sauropoden begrüßen uns, einem hängt Grünzeug aus dem Maul. Es sind freundliche Wesen, sie gehören zu den Vegetariern. Oh ja, ich kenne mich ein wenig aus. Das Buch habe ich gelesen und den Film, immer nur den ersten Teil, die Fortsetzungen mag ich nicht, sicher zehn Mal gesehen.

Langsam, sehr langsam schwimmt unser Bootchen durch eine wunderschöne grüne Landschaft. Ein Stegosaurus beobachtet uns von einem Felsen, zwei Exemplare der Art Procompsognathus (liebevoll Compys genannt) streiten sich. Das sind die kleinen Kerlchen, die so niedlich quieken, aber nicht zu unterschätzen sind … Wir fahren unter einem malerischen Wasserfall hindurch. Alles nicht sehr aufregend, aber nett gemacht.

Meine Güte, direkt am Rande der Wasserstraße liegt ein havariertes Boot, genau wie unseres, nur dass zwischen den Bänken ein Velociraptor sitzt. Es sieht aus, als würde er fressen. Es waren doch hoffentlich keine Parkbesucher mehr drin, als das Bootchen strandete!?

Plötzlich über Lautsprecher die Meldung, dass es einen Stromausfall gab, die Anlage nicht mehr sicher, der Tyrannosaurus-Rex ausgebrochen sei. Sein zerstörtes Gehege wird sichtbar, über die Brüstung stürzt ein Autowrack direkt neben uns ins Wasser.

Sollten wir jetzt nicht besser zum Ausgang abbiegen? Wir treiben ja direkt in eine Höhle. Das darf doch nicht wahr sein! Ist irgendwas mit der Steuerungstechnik nicht in Ordnung?

Ein Dilophosaurus belauert uns. Diese Art mit dem Fächerkragen ist ja sehr dekorativ, aber sie spucken hochgiftigen Schleim … Aaaah! Kann das Boot nicht mal ordentlich Gas geben?

Oh nein! Wir werden nochmals eine Rampe hochgezogen, tiefer in das Tunnelsystem hinein. Bis auf die rot blinkenden Warnzeichen und die durch Kurzschlüsse verursachten Funkenregen ist es stockfinster. Wir treiben und treiben durch die Dunkelheit …

Plötzlich bricht der Kopf des T-Rex durch die Mauer, senkt sich herab. Wir driften direkt darauf zu. Ich starre nach oben, befürchte, gleich zum zweiten Hauptdarsteller der Filmszene zu werden, in der das Riesenvieh einen Besucher einfach am Kopf packt, aus dem Jeep hievt und wegträgt, da falle ich …

Das Boot schießt eine Schräge hinunter, taucht mit dem vorderen Teil in die blauen Fluten ein, das aufspritzende Wasser ergießt sich in einem Schwall über uns.

(So viel zu meinem Glück, in der ersten Reihe sitzen zu dürfen. – Über die Schussfahrt gibt es, wie ich später zu Hause recherchiert habe, unterschiedliche Angaben. Ob es nun 26 oder 30 Meter sind, ist egal, es war ein gewaltiger Schreck und die Überraschung des Tages. Sehr geschickt angelegt. Weil gerade alle Insassen gespannt nach oben schauten, bekamen wir das Kippen des Gefährts über die Kante zunächst nicht mit. Erst, als es rasant abwärts ging, setzten die Schreie ein.)

Ich bin nass, total nass. Es tropft aus den Haaren, und mit meinem T-Shirt kann ich locker an einer Wet-Shirt-Competition des Sonnenstaates Kalifornien teilnehmen. Der wertvolle Foto ist ebenfalls nass, das aus der nassen Jeans gefriemelte Tempo feucht. In meiner Umhängetasche steht das Wasser.

Wie bei allen Fahrten mit Attraktionen im Disneyland Paris, Disneyland Orlando/Florida oder DisneyWorld Anaheim endet auch die in den Universal Studios Hollywood nach einem kurzen Gang in einem Souvenirshop, in dem ich ernsthaft überlege, mir eins dieser auffälligen Angebershirts zu kaufen. Nur noch eine knappe halbe Stunde bis zu unserem Treffen. Wir werden direkt in ein Lokal zum vorbestellten Truthahnessen fahren. Die Restaurants in den USA versuchen ja immer, mit ihren Klimaanlagen die Gäste schockzufrosten. Irgendwie muss ich mich trockenlegen. Soll ich so ein albernes T-Shirt mitnehmen? Nein, der Foto hat Vorrang. Ich steuere die nächste Toilette an, tupfe ihn mit Papier ab, stelle mich vor das Gebläse und lasse mich einige Minuten durchpusten, stehe dann vor der Anlage in die Sonne, hebe leicht die Arme und komme mir vor wie ein Kormoran, der vor dem Weiterflug sein Gefieder trocknet.

Von wegen Fan-Club. Die Besucher in den schwarzen T-Shirts waren Mitstreiter, die – wie ich – das Abenteuer im Jurassic Park überlebt haben: nass, aber stolz, was ohne Zweifel den Verkauf von (trockener) Oberbekleidung fördert. Bei mir hat dieser Trick allerdings nicht funktioniert. Ich fuhr nach Hause mit einem neuen Teddybären, dem Wolfskopf-Türkisanhänger, einem T-Shirt von Utah, ein paar Spielautomaten-Chips, zwei Programmen der Siegfried-und-Roy-Show (eins zum Zerschnibbeln fürs Fotoalbum, eins zum Betrachten), sechs Zwergen (der siebte war vergriffen), Hotelprospekten, 38 Postkarten …

Nein, Souvenirs kaufe ich eigentlich nie.

Mit leichtem Gepäck

Ich flog nach Transsilvanien, mein Koffer in die Walachei.

Ist das ein Einstiegssatz? Leider ist er nicht eindeutig, denn Walacheien gibt es mehrere. Ich meine die Region um Bukarest. Auf dem dortigen Flughafen landete mein Gepäckstück, machte einige Tage Urlaub und brach dann erleichtert zu mir auf. Die Kurzreise des Koffers war kein Versehen der Airline, wie wir am Reklamationsschalter in Cluj-Napoca (Klausenburg) erfuhren. Die Propellermaschine hatte Platz für 48 Passagiere, aber angeblich nur für 10 Koffer. Ich halte das eher für unwahrscheinlich, schätze, man hatte wichtigere Fracht an Bord: Termingut. (Fünfundzwanzig Koffer flogen später teils direkt, teils über Wien nach Bukarest. Einige wurden von Wien mit dem Lkw nach Bukarest gebracht, weshalb sich die Zustellung an uns, ebenfalls per Lkw, verzögerte. Es mussten ja erst alle Gepäckstücke der Gruppe gesammelt werden.)

Es war unangenehm, dass der Koffer nicht zur Verfügung stand, bei mir vor allem, weil ich eine Stange der Lieblingszigarettenmarke darin verstaut hatte, die ich im Land nicht kaufen konnte.

Aber es reiste sich eindeutig unbeschwerter und freier.

Ich musste abends keinen Koffer aufs Zimmer schleppen, morgens nicht nachsehen, ob ich etwas vergessen hatte. Wenn ich mein Plastiktütchen mit der besorgten Zahnbürste, Zahnpasta und einem Paar feuchter Wechselsocken in der Hand hielt, war ich abreisebereit. Kämmen kann man sich mit den Fingern, und schnell hatten wir herausgefunden, dass sich T-Shirts und Unterwäsche – vor dem Zubettgehen gewaschen, mit dem Hotelföhn angetrocknet und aufgehängt – morgens wieder anziehen ließen. Nur bei den dicken Socken klappte das nicht.

Typisch weibliche Gedanken über die lästigen Fragen: »Was ziehe ich heute an?« oder »Ob ich mich zum Abendessen umziehen muss?« erübrigten sich.

Ich lernte die Mitreisenden schneller kennen. Bei anderen Fahrten hatte ich manchmal Schwierigkeiten, beim Frühstück sitzende Hotelgäste meiner Gruppe zuzuordnen. Da sie in Rumänien aber auch kleidungsmäßig wie am Vortag aussahen, erhöhte sich der Erkennungsfaktor.

Und wir mussten uns keine Gesprächsthemen aus den Fingern saugen, es gab immer ein interessantes, das meist mit der Frage begann: »Ob die Koffer schon da sind?«

Dass mein Koffer erleichtert war, als wir nach Tagen wieder vereint waren, lag nicht an meiner Person, sondern an bösen Menschen, die sich an ihm zu schaffen gemacht hatten; Zeit war ja genug. Parfüm, Shampoo, Deo, Cremes, hübsche T-Shirts, Filmrollen, Strümpfe, noch eingeschweißte Unterwäsche fehlten – und natürlich auch meine Zigaretten. Nicht nur meines, fast alle Gepäckstücke waren erleichtert (worden).

Aber das war gar nicht so schlimm. Man packt ja sowieso immer viel zu viel ein. Mit unnötigem Ballast mussten wir uns jedenfalls nicht mehr abquälen.

Auf dem Rückflug mit dem gleichen Maschinentyp gab es sonderbarerweise ausreichend Platz für alle Gepäckstücke.

Hakarl

Isländisch, eine Sprache, mit der ich mich vorher nie beschäftigt hatte. Beim Blick in die Liste nützlicher Vokabeln für Touristen fand ich einige leicht zu merkende Wörter, die Akzente lasse ich der Einfachheit halber weg:

postkassi – Briefkasten
eins manns herbergi – Einzelzimmer
godan daginn – Guten Tag
Klosett

Aber so einfach ist die Sprache natürlich nicht. Viele Begriffe konnte ich kaum lesen, andere nicht ableiten, zum Beispiel:

á – Fluss
baer – Bauernhof
braut – breite Straße
bio – Kino

Für das leibliche Wohl ist eine Übersetzungshilfe enorm wichtig. Was bietet die Speisekarte? Kaffi, te, kako, öl (Bier), lamb, hreinddyr, svin, snitsel, kotilettur, steik, gullas, lax, all, humar, makrill, kartöflur, spinat, ananas, appelsina, banani, is.

Außer dem bekannten Stockfisch gibt es in Island weitere Spezialitäten: Hakarl, fiskbudingur, svid, folald, fiskpylsur, lundi, selshreifar und hrutspungar. Vor der Reise lernte ich diese auswendig, damit ich sie *nicht* bestelle. Aber vielleicht mögen Sie sie ja?

Jetzt nicht losrennen und in Ihrem Island-Reiseführer nachschlagen. Geduld. Die Auflösung kommt noch.

Gruppenkoller

Transsilvanien sagt man nicht mehr, sondern Siebenbürgen, aber ich bin mir sicher, dass Ihnen sofort ein Name dazu einfällt. Ja, wir werden in Sighisoara (Schässburg) sein Geburtshaus (heute ein Restaurant) und das Schloss in Bran besuchen, beides sehr spannend und beides historisch nicht belegt. Vlad Tepes wurde zwar in Schässburg geboren, das Haus ist jedoch nicht bekannt, man hat einfach eines dazu ernannt. Im Schloss verbrachte er auf der Durchreise immer mal wieder einige Tage, aber deshalb kann man es ihm noch lange nicht zusprechen.

Die große Attraktion von Siebenbürgen sind die Kirchenburgen. Fast jeder Ort verfügte über eine solche Anlage, 150 sind noch erhalten. Von Architektur und Lage ist jede anders, mal mitten im Dorf an der Hauptstraße, mal auf einer Anhöhe, manchmal bilden die Außenmauern der Kirche einen Teil der Befestigung, meist stehen die Kirchen völlig frei innerhalb der Anlage. Gemeinsam hatten alle den Zweck, die gesamte Dorfbevölkerung im Falle eines Angriffs und einer Belagerung unterbringen und versorgen zu können. Waffenkammern, Schlafplätze, Lagerräume, Küchen und ein Brunnen mussten vorhanden sein.

Wir sahen Cluj-Napoca (Klausenburg), Sibiu (Hermannstadt), Brasov (Kronstadt) und Targu Mures (Neumarkt). Im Innenstadtbereich jeweils sehr hübsch restaurierte Städte, gute Restaurants, McDonald's, Boutiquen, Kaufhäuser, Supermärkte, Metro, Lidl und Praktiker, Werbeplakate für Quelle Versand, Velux-Fenster, Buderus Heiztechnik.

Im krassen Gegensatz dazu die ländliche Umgebung. Wie soll man sie am besten beschreiben? Ich glaube, drei Worte genügen: Arm, arm, arm.

Wir besuchten Garbova (Urwegen), das Dorf der Besenbinder und des Weinanbaus, mit durchgängiger Bebauung an den Straßen, d.h. Haus, das Tor in einer Mauer, Haus bzw. Scheune, Wand an Wand das nächste Anwesen. Im Hof Hühner, Wachhund, Backofen, Nutzgarten mit Kartoffeln, Tomaten, anderem Gemüse und Weinstöcken, im Haus die Einrichtung der Vorfahren, ein schrottreifes Auto oder einen Trabbi in der Scheune, auf der Straße Pferdefuhrwerke.

Viscri (Deutschweißkirch) ist ein Reihendorf. Die typischen Sächsischen Höfe ziehen sich an einem über einen Kilometer langen Grünstreifen entlang, auf dem Birnbäume wachsen, Unkraut wuchert. Auf diesem Weg tummeln sich frei laufende Hunde, Katzen, Hühner, Enten, Gänse und Pferde. So stelle ich mir unsere Dörfer vor hundert oder mehr Jahren vor.

Zur Zeit meines Aufenthaltes (2005) lebten im Ort 24 Deutsche, 90 Rumänen und 330 Roma. In der Schule (nur für die ersten vier Schuljahre) bekommen die Kinder eine Mahlzeit, die Familien nur Kindergeld, wenn die Kleinen die Schule auch besuchen. Viscri verfügt über keine Busanbindung nach Kronstadt, die nächste Haltestelle liegt sieben Kilometer entfernt an der befestigten Straße. Arbeit und weiterführende Schulen gibt es nur in den Städten, was zu der massiven Landflucht führt. In die zurückgelassenen Häuser werden Roma einquartiert.

Wir erklommen den Hügel und betraten die Kirchenburg. Drei Türme und zwei Wirtschaftsgebäude sind Teil der inneren Befestigungsmauer. Im Eingangsbereich der Kirche (mit Wehrturm) entdeckten wir als Erstes ein Foto von Prince Charles. Als Förderer der Stiftung zum Erhalt der Häuser und Kirchenburgen besuchte er Viscri. (Auch der Pfarrer im romantischen Schässburg hatte uns erzählt, dass er den Prinzen schon empfangen hätte.)

Wir besichtigten außerdem die Kirchenburgen in Cisnadie (Heltau), Cilnic (Kelling), Prejmer (Tartlau), Medias (Mediasch) und Biertan (Birthälm), an die ich mich besonders gut erinnern kann.

Jetzt muss ich abschweifen, aber da es sich um ein typisches Gruppenreisephänomen handelt, sollte auch das einmal angesprochen werden. Ob es dafür einen lateinischen Fachbegriff gibt, weiß ich nicht, ich nenne es einfach Gruppenkoller.

Über die winzigste Kleinigkeit diskutieren dreißig Personen mit dreißig verschiedenen Meinungen, neunundzwanzig kaufen sich in einer Ortschaft ein Fläschchen Wasser, der Dreißigste muss dies unbedingt eine Stunde später erledigen, wofür sofort ein Stopp eingelegt werden muss, damit derjenige nicht verdurstet.

Die Führung in Biertan war für den Nachmittag vereinbart, wir erreichten den Ort zur Mittagszeit. Nach ausgiebiger Debatte erfolgte ein fast einstimmiger Beschluss, in einem Lokal etwas zu essen. Die Tische an der Tür, an denen wir uns niederließen, waren zu schlecht ausgeleuchtet. Wir zogen um an die Terrassentür an der Stirnseite. Aber dort zog es, so nahmen wir doch lieber an den Tischen an der Längsseite des Lokals Platz. Dummerweise hatte der Raum Fenster. Einigen Mitreisenden schien die Sonne direkt ins Gesicht. Sie wollten sich woanders hinsetzen. Nein, ich rannte nicht laut schreiend aus dem Restaurant, ich flüchtete in aller Stille.

Im Ort begab ich mich in einen Souvenirshop mit Verkauf von Kunsthandwerk, plauderte fast eine Stunde mit der Besitzerin. Sie öffnet nur, wenn sie einen Touristenbus nahen sieht. Sie hat sich in den kleinen Ort verliebt, ist von Deutschland nach Biertan gezogen. Die Miete ist günstig, hier kann sie in aller Ruhe ihren kreativen Hobbys nachgehen. Ein seltener Fall von … mmh, wie nennt man das Gegenteil von Landflucht? Trubelflucht oder Burn-out-Konsequenz?

Auf einem Hügel mitten im Ort thront die Kirche. Der wuchtige Hallenbau (ohne Turm) ist von drei Ringmauern (mit acht Türmen) umgeben, die durch geheime Gänge verbunden sind. Von der obersten Plattform betrachtete ich die umliegenden Häuser, die menschenleeren Straßen, ein paar Esel auf einer Grünfläche und spielende Hunde in einem Garten.

Nach zwei Stunden selbst getroffener wichtiger Entscheidungen, zum Beispiel wie lange ich im Lädchen schwatzte oder auf dem Aussichtspunkt verweilte, fühlte ich mich wieder in der Lage, an der offiziellen Gruppenbesichtigung der Kirchenburg teilzunehmen.

In Sachen Gruppenkoller war ich bei dieser Fahrt nur der Vorreiter. Alle anderen erwischte es später auch noch. Völlig normal. Wir sind doch alle nur Menschen, die mal ein wenig Zeit für sich selbst brauchen.

Gruppenreisen

Gruppenreisen sind manchmal problematisch, da sehr unterschiedliche Charaktere, Interessen und Erwartungen aufeinanderprallen. Sie haben aber auch Vorteile …

Die Leistung der Fahrt nach Island beinhaltete die Flüge, Hoteltransfer, Übernachtung und Frühstück sowie die Möglichkeit, im Hotel Tagesausflüge zu buchen. Die Vertreterin des örtlichen Busunternehmens erklärte, dass außerhalb der Saison – es war Ende Mai – keine Fahrten zustande kämen. Reykjavik ist zwar sehr nett, aber sechs Tage nur dort verbringen, wäre sicher bald langweilig geworden. Wir sahen uns die Stadt abends an, es wurde ja erst gegen Mitternacht dunkel.

Wir waren glücklicherweise eine Gruppe von 36 Personen. Zusammen mit den wenigen Interessenten von anderen Hotels füllten wir einen Bus und unternahmen jeden Tag eine Tour, wobei uns auch Informationen zur Geschichte, Politik, über die Lebensumstände und das Schulsystem vermittelt wurden.

Frauen sind die Töchter ihres Vaters, Männer die Söhne ihres Vaters. Das wussten Sie? Aber wissen Sie auch, wie die Namensgebung in Island funktioniert? Der Hauptname ist der Vorname, und damit man die vielen Personen mit dem gleichen Namen unterscheiden kann, bekommen sie einen Zweitnamen, eben genau mit diesem Töchter-/Söhnezusatz. Ich wäre also beispielsweise die Christel Oskarsdottir, mein Bruder trüge den Zweitnamen Oskarsson.

Im Gebiet des Haukadalur mit zahlreichen Springquellen besuchten wir den Strokkur, der ca. alle zehn Minuten kochendes Wasser bis zu 30 Meter hochschießt. Ich spähte aus sicherer Entfernung in das Loch. Nichts zu sehen. Allmählich stieg der Wasserspiegel an, bildete eine Kuppel, höher und höher, und mit einem lauten Wuff schossen Wasser und Dampf in die Luft. Die Fontäne fiel in sich zusammen, das Wasser verschwand zum Großteil wieder im Loch. Wenn der Geysir spuckt, sollte man sich nicht zu nahe aufhalten bzw. vorher die Windrichtung feststellen.

Der große Geysir nebenan ist nicht mehr regelmäßig tätig, aber wenn, dann bis zu 100 Meter hoch mit Wasser von über 100 Grad. Diese Daten flößten mir derartigen Respekt ein, dass ich darauf verzichtete, in sein Quellbecken mit 14 Meter Durchmesser zu schauen.

Außer den riesigen Wasserfällen und dem spuckenden Geysir beeindruckte mich besonders die Gegend von Hellisheidi, circa 25 Kilometer nördlich von Reykjavik. Felsen, Steine, mit Flechten und Moosen überzogene schwarze Lava, zerklüftete Spalten, die Berge im Hintergrund. Schön? Das ist Ansichtssache. Ich habe den Anblick dieser Landschaft geliebt. Natur pur: Ursprünglich, wild, gefährlich, unwirtlich, unzugänglich, mystisch. Wie auf dem Mond.

Auf dem Mond? Richtig. Von 1969-72 führte die NASA in Island geologische Messungen durch und einige Astronauten der Apollo-Mission – auch Neil Armstrong und Edwin Aldrin – trainierten dort, was immer das bedeuten mag.

Dann flogen wir in den Norden nach Akureyri. Die junge Dame, die uns um die Mittagszeit vom Flughafen abholte und zum Hotel begleitete, fragte: »Was haben Sie denn bisher von Island gesehen?«

Wir berichteten begeistert vom Skogafoss, dem 25 Meter breiten, 60 Meter hohen Wasserfall, vom schwarzen Sandstrand von Vik und den aus dem Meer ragenden Felsnadeln, vom Gullfoss, der in zwei Stufen in eine Schlucht stürzt, von der Kultstätte Thingvellir, von den Unmengen an Gewächshäusern, in denen Blumen, Gemüse und sogar tropische Früchte gedeihen, da sie geothermal beheizt werden, von der Gletscherzunge des Vatnajökull, zu der wir gelaufen waren.

»Und was wollen Sie dann hier?«, fragte sie.

»Uns die Stadt ansehen.«

Sie lachte. »Akureyri hat 18.000 Einwohner, die wenigen Sehenswürdigkeiten sind saisonbedingt noch geschlossen, die Geschäfte zu, weil Sonntag ist.«

Wir müssen ziemlich verzweifelt geschaut haben. Sie meinte, sie hätte mittags Zeit, der Busfahrer ebenfalls, sie telefonierte mit ihrem Chef und bot uns eine Tagesfahrt zum Myvatn an. Tagesausflug? Es ist bereits zwei.

»Aber es wird doch erst spät dunkel.«

Ein einleuchtendes Argument. Wir fuhren zum Mückensee, dem Wasserfall Dettifoss und für den nächsten Tag organisierte sie für uns noch eine Fjordfahrt.

Fazit: Ohne den Rückhalt der Gruppe hätte ich von Island nichts gesehen.

Oh, ich bin Ihnen noch die Übersetzung der kulinarischen Genüsse schuldig:

Hakarl – fermentierter Haifisch. Haifleisch, das einige Wochen/Monate eingegraben wird, damit es vergammelt. Frisch ist es nicht genießbar.
fiskbudingur – Fischpudding
svid – gesengte Schafsköpfe
folald – Fohlen
fiskpylsur – Fischwurst
lundi – Papageientaucher
selshreifar – Robbenflossen
hrutspungar – Hammelhoden
Lecker?

Die Burg des Grauens

Am vorletzten Tag der Transsilvanienreise besuchen wir Bran (Törzburg).

Der Vater trug den Beinamen ›Dracul‹, da er Träger des Ordens der Drachenritter war, Sohn Vlad Tepes wurde ›Pfähler‹ genannt, weil er mit Vorliebe seine Feinde, wenn er ihrer habhaft geworden war, auf diese Weise umbrachte. Möglicherweise lieferten seine Taten die Inspiration für den Roman ›Dracula‹ von Bram Stoker. Da es viele Fans bzw. Neugierige gibt und man gutes Geld mit dem Draculamythos verdienen kann, arrangiert man sich damit und schlachtet ihn hemmungslos aus.

Zwischen Busparkplatz und dem Aufstieg zur Burg passieren wir einen Dracula Bazar. An den Ständen gibt es Trachtenpüppchen und -blusen, Fledermäuse, Spinnen, Themen-T-

Shirts, Vampirgebisse, Masken, bissige Tassen, Hexenhüte und -besen zu kaufen.

Auch junge Hunde werden uns für fünf Euro angeboten. Die sind zwar weniger gruselig, aber ist es nicht grausam, den Straßenkötern die noch nicht abgestillten Jungtiere abzunehmen und ohne Impfschutz und Papiere zu verhökern?

Und dann endlich die Schreckensburg. Über eine lange Treppe betreten wir das prächtige Schloss aus dem 14. Jahrhundert. Es ist komplett möbliert, verfügt über malerische Türmchen, niedliche Erker, Blumenkästen und einen verwunschenen Froschkönig-Brunnen im Innenhof. Alles sehr romantisch und verspielt.

Wir begutachten jeden Winkel, steigen sämtliche Wendeltreppen hinauf und hinunter, betreten jedes Turmzimmer, blicken aus allen Fenstern, spähen hinter jede Ritterrüstung, betrachten alle Möbelstücke, wandeln durch alle Gänge – und schauen uns dabei ständig um. Irgendwie hat man hier so ein komisches Gefühl, ein ganz mulmiges Gefühl. Man ist gespannt. Die Luft knistert. Man erwartet das Unwahrscheinliche, das Unfassbare.

Ja, man hat ständig das Gefühl, dass gleich Dornröschen um die Ecke biegen könnte.

Assoziation

Wer sucht ihn nicht, den Traumpartner? Meiner ist blond, nicht rappeldürr, humorvoll und einfühlsam, also genau das Gegenteil meiner großen Liebe: dem Grafen von Krolock. Ich folgte ihm über viele Jahre nach Stuttgart, Berlin und Oberhausen, aber er nahm mich nur ein einziges Mal wahr, strich mir mit seinen langen Fingernägeln zärtlich am Hals entlang. Ich entsprach wohl nicht seinem Beuteschema.

Meine zweite große Liebe wird ebenfalls unerfüllt bleiben. Frank ist speziell, sehr speziell, besonders die barbarische, aber auch geniale Szene, in der er mit der Kettensäge den nicht allzu intelligenten Eddie zerteilt, entspricht nicht meiner Vorstellung von einem harmonischen Miteinander. Außerdem ist Dr. Frank N. Furter am Ende jeder Aufführung tot, was eine Kontaktaufnahme erschwert.

Heute treffe ich mich mit ein paar Freundinnen. Ein seltsamer Tag. Bereits auf dem Weg zum Bahnhof kommen mir sonderbare Gestalten mit Hexenhut und Zauberstab entgegen. Im Zug ebenfalls närrische Gestalten mit schwarz-weißen Jacken und Schals, Shirts mit einem roten Adler auf der Brust. Die Jungs sind guter Stimmung, was den Bierkästen zu verdanken ist, die zu ihren Füßen stehen.

Im Hauptbahnhof Frankfurt fällt mein erster Blick auf vierzehn mir entgegenkommende Eisbären und einen großen grünen Zwerg. Ich besorge schnell noch ein paar Kräppel als Beitrag zu unserem Kaffeeklatsch.

Die Gleise 2 und 3 sind verwaist. Der Zug wird gerade angekündigt, da schlendert ein Mann heran, bleibt nur einige Meter entfernt stehen. Gekleidet ist er normal, Freizeitlook. Trotzdem läuft das Kopfkino an. Ich weiche langsam zurück, denn er trägt eine Kettensäge. Ein Kabel sehe ich nicht, es handelt sich demnach um eine Motorkettensäge, die er jederzeit anwerfen kann. Will der damit die Bänke im Abteil zerteilen oder mich? Oder geht er als Frank oder ganz allgemein als Psychopath zum Ball?

Die Bahn fährt ein. Außer uns beiden möchte leider niemand nach Riedstadt-Goddelau fahren. Was nun? Soll ich mich der drohenden Gefahr stellen? Ich wage es.

In Frankfurt-Niederrad steigt der Kettensägenträger aus und läuft zum Abgang in Richtung der Schrebergärten.

Lokalkolorit

Jetzt nehmen Sie bitte einen Kugelschreiber zur Hand (falls Sie sich das Buch geliehen haben, lieber einen Bleistift) und beantworten Sie folgende Frage:

Kommen Sie aus Frankfurt und Umgebung?

0   ja
0   nein

Sollten Sie Ihr Kreuzchen bei der ersten Null gesetzt haben, lesen Sie bitte im Kapitel ›Reisenotizen‹ weiter. Vielen Dank.

Für alle Nein-Sager
Die Grundregel Nr. 1 lautet: Wer eine Pointe erklären muss, ist ein lausiger Erzähler.
Da Sie aber mit den Besonderheiten der Region nicht vertraut sind, kann ich gewisse Gedankengänge nicht voraussetzen. Dass Graf von Krolock der bissige Held aus ›Tanz der Vampire‹ ist, wissen Sie. Dass der liebe Frank im Musical ›The Rocky Horror Show‹ sein Unwesen treibt, sicher auch. Sofort verstanden haben Sie, dass ich in der Faschingszeit unterwegs war und am gleichen Tag ein Spiel der Eintracht ausgetragen wurde, für das sich die Fans in Stimmung brachten. Aber eine klitzekleine Andeutung in der Pointe ist Ihnen sicher entgangen.
Niederrad wurde 1900 in die Stadt Frankfurt eingemeindet und ist ein ganz normaler Stadtteil mit altem Kern, Wohngebieten, Parks und Geschäften. Ein Teil des Städtischen Universitätsklinikums liegt auf Niederräder Gebiet und in Richtung Commerzbank-Arena zahlreiche Kleingartenanlagen.
Die Anstalt für Irre und Epileptische bezog 1864 ein Gebäude im Frankfurter Westend. (Der bekannteste Förderer und

langjähriger Direktor war Heinrich Hoffmann, Verfasser des Struwwelpeters.) Da die Anlage zu klein wurde, verlegte man Anfang des 20. Jahrhunderts die minder schweren Fälle nach Köppern und Hadamar, die schweren in die psychiatrische Abteilung der Uniklinik.

Der Ortsname Niederrad wurde zu einem Synonym für ›Irrenanstalt‹ und für scherzhafte Drohungen und Witze missbraucht.

Mit diesem Hintergrundwissen dürfen Sie den letzten Satz der obigen Geschichte noch einmal lesen und sich dann dem nächsten Kapitel zuwenden.

Reisenotizen

Meine Mutter war sehr interessiert an fernen Ländern. Von meiner Reise nach Transsilvanien erzählte ich von den sechzehn evangelischen, katholischen bzw. orthodoxen Kirchen, die wir besichtigt hatten, dem Kloster, den sechs Kirchenburgen, dem Ikonenmuseum, dem Schloss, dem Abstecher in die Karpaten, dem Freilichtmuseum ...

Aber das reichte ihr nicht.

»Was habt ihr denn so gegessen?«, kam die obligatorische Frage.

Zum ersten Mal hatte ich bei einer Rundfahrt versucht, mir im Bus Notizen zu machen, da hat man ja meist Zeit dazu. Allerdings forderte der Straßenzustand seinen Tribut. Am dritten Tag steht vermerkt: *Fohne Batterie.* Ob das was zu essen war?

Im Gemeindesaal in der Ortschaft Frech gab es *Kaffee und Handlich.* Nein, keine Auswirkung eines Schlaglochs. Handlich ist ein Hefeblechkuchen mit einem Belag aus einer Ei-Zucker-

Mehlmischung und heißt so, weil er zum Verzehr in handliche Stücke geschnitten wird.

Sehr ausführlich und deutlich lesbar war die vor dem Zubettgehen im Hotel niedergeschriebene Abendessensfolge:

Zur Begrüßung: Zwetschgenschnaps, Fleischbällchen, Schafskäse, Russische Eier, Gurken, Tomaten, Paprika, Kartoffelsalat, Auberginen mit Spiebeln, Brot, Zwetschgenschnaps

Vorspeise: Hühnersuppe mit Nudeln, Muskatellerwein

Hauptgang: Schweinebraten mit Bratkartoffeln, Weißwein, Zwetschgenschnaps

Nachtisch: Zwetschgenkuchen und Zwetschgenschnaps

Im Hotel das opulente Mahl mit zwei Bier nachgespült.

Auberginen mit Spiebeln kennen Sie nicht? Ich auch nicht. Sollte entweder Speck oder Zwiebeln oder beides heißen. Dem unebenen Bodenbelag im Hotelzimmer ist dieser Lapsus jedenfalls nicht geschuldet.

Hicks.

Ausgebucht

Keine Kontrollen. Schnell kann ich den Flughafen verlassen. Mein Koffer ist einer der ersten im Bauch des Busses, damit allerdings auch einer der letzten, der vor dem Hotel in Mailand ausgeladen wird. Zudem hatte sich unser Bus an einer Ampel von den anderen beiden abhängen lassen, so dass ich jetzt hinter über 100 Leuten an der Rezeption anstehe. Die Anmeldekarte mit Namen, Geburtsdatum, Anschrift, Passnummer, Ausstellungsort ausfüllen, unterschreiben, den Ausweis abgeben, den Schlüssel entgegennehmen, Erläuterungen zu Frühstückszeiten, zum Stockwerk und Aufzug – das dauert.

Aber ich habe ja Zeit, der Nachmittag ist frei, und, wie ich schon zu Hause nachgeschaut hatte, liegt das Hotel mitten in der Stadt, nicht weit vom Dom und der Galleria Vittorio Emanuele entfernt, in die ich abends möchte. Jetzt gehe ich zuerst einmal in die Bar schräg gegenüber und trinke gemütlich einen Cappuccino. Da waren es nur noch zwanzig vor mir in der Schlange.

Mein Zimmer befindet sich im 2. Stock ganz hinten im Gang, das letzte. Ich schließe auf und schaue mich um. Olivgrüner Anstrich der Wände bis unter die Decke, nur unterbrochen von einer antiken Holzzierleiste auf halber Höhe, dunkle Tagesdecke, vor dem Fenster in fast greifbarer Distanz die rohe Mauer des Nachbarhauses, mickriges Bad. Was dieses heimelige Zimmer kostet, weiß ich nicht, es war im Gesamtpreis der Reise enthalten, aber an den saftigen Einzelzimmerzuschlag pro Nacht erinnere ich mich genau. Und für diesen Preis möchte ich es auch alleine benutzen. Auf der Ablage liegt ein Koffer, darunter stehen Schuhe, auf dem Nachttisch ein Wecker, Rasierzeug und Zahnbürste im Bad.

An der Rezeption checken gerade etwa 60 Engländer ein. Es bringt sicher nichts, mich dazwischenzudrängeln. Ich setze mich in der Halle auf ein Sofa und warte. Als der Ansturm vorüber ist, bitte ich die Damen und Herren hinter dem Tresen um ein anderes Zimmer, da meines belegt ist. Geklapper auf der Tastatur, ungläubige Blicke. Ich hätte doch ein Zimmer, ob daran etwas nicht in Ordnung sei.

»Ja, es ist belegt. Es stehen noch Sachen drin.«

Hektisches Geklapper auf der Tastatur. Ich hätte doch gerade eingecheckt. Das Haus sei ausgebucht, sie könnten mir kein anderes Zimmer geben.

Ich beginne, an meinen Englischkenntnissen zu zweifeln. Oder rührte das Missverständnis von ihren Englischkenntnissen?

»Ich möchte das Zimmer nicht tauschen, sondern ein freies Zimmer, denn das, was Sie mir gegeben haben, ist belegt.«

Geklapper, Geplapper, kritische Blicke. Einer der Kofferträger – bei unserer Ankunft war keiner verfügbar – wird mit meinem Schlüssel losgeschickt, das Geklapper hält an.

Ich setze mich wieder.

Der Mann kehrt zurück. Geplapper, Geklapper, kritische Blicke. Eine Dame rennt in ein angrenzendes Büro, Gemurmel, die Dame kehrt mit Chef zurück, er klappert selbst, rennt wieder ins Büro, kommt zurück, Geplapper. Ich habe zwar Zeit, aber allmählich den Wunsch, durch die Stadt zu schlendern.

Irgendwann tritt der Chef zu mir, entschuldigt sich. Der Herr in meinem Zimmer hätte seinen Aufenthalt verlängert, es stünde kein freies Zimmer mehr zur Verfügung. »Aber wir suchen nach einer Lösung.« Er entschwindet.

Dann sollen sie mal suchen.

Geplapper, Geklapper, Gerenne, Telefonate. Sie sind wirklich emsig. Der Kofferträger bringt mir ein Fläschchen Wasser und ein Glas.

Wenn sie mich nun in einem anderen Hotel einquartieren, vielleicht weit entfernt, wie soll ich dann frühmorgens zum Bus kommen? Ich muss unbedingt dem Veranstalter eine Nachricht hinterlegen, dass man auf mich wartet.

Eine weitere Gruppe checkt ein. Danach kein Geplapper, kein Geklapper, kein Gerenne, kein Gemurmel mehr, niemand telefoniert, entspannte Gesichter. Haben die mich vergessen? Möglicherweise benötigten die letzten Gäste ein Zimmer weniger, das nun zu vergeben ist.

Der Chef winkt mich zum Empfang, entschuldigt sich nochmals wortreich und kommt auf den Punkt: »Wir können Ihnen anbieten«, ich lausche gespannt, »eine unserer Suiten in der obersten Etage zu beziehen.«

Ich habe wohl ein wenig verblüfft geschaut, der Chef ergänzt sofort: »Natürlich zum gleichen Preis. Es entstehen Ihnen keine zusätzlichen Kosten.«

Ich bin immer noch sprachlos.

»Und wenn es Ihnen recht ist, werden wir Ihnen einen Obstkorb und Gebäck in die Suite bringen.«

Ich bin zu keinem Wort fähig. Schnell fügt er hinzu: »Die Minibar steht ganz zu Ihrer Verfügung. Das geht aufs Haus.«

Gibt es einen Haken? Ich überlege fieberhaft, stimme dann zu.

Er kann sich nicht beruhigen. »Der Vorfall tut uns so unendlich leid. Es war unser Fehler.«

Jetzt muss ich lachen. Er entschuldigt sich dafür, dass ich gleich eine Suite beziehen werde?

Der Kofferträger übernimmt mein Gepäck und geleitet mich in den sechsten Stock. Mich erwartet ein Appartement mit separatem Schlafzimmer, großem Bad mit Fenster und Wohnraum. Die Fernsehecke und der Essbereich sind mit Streben des Dachgebälks dekorativ abgeteilt. Die Gauben reichen bis auf den Boden, haben Glastüren und einen kleinen Austritt, von dem aus ich über die Dächer auf den Dom blicken kann. Perfekt!

Nein, ganz perfekt ist die Suite nicht. Eine Waschmaschine fehlt und auch die erwähnte Minibar, denn es gibt eine richtige Bar mit Spiegelwand, Theke, mehreren Hockern, Kühlschrank, Weinregal …

(Ich hatte damit gerechnet, am nächsten oder spätestens übernächsten Tag in ein normales Zimmer umziehen zu müssen, wurde aber nicht angesprochen, sondern bekam täglich frisches Obst und süße Gebäckstücke hingestellt.)

Eine Tote Tante

Ein rührendes Paar. Beide über achtzig. Sie von unglaublicher Gemütsruhe, leicht schwerhörig, kräftig, nicht mehr gut zu Fuß, er flink und agil, rappeldürr, ständig am Herumwuseln. Und er war so fürsorglich, trug immer ihre Handtasche, in der sich die Pässe der beiden befanden, die Liste mit den einzelnen Hotels auf der Rundfahrt, der Sprachführer, die Notfall-Telefonnummer unseres Reiseleiters Jochen.

Dieser bringt uns in Avignon zum Papstpalast, gibt einige Erklärungen ab, dann haben wir eine Stunde Zeit, uns individuell umzusehen und zum Bus zurückzukehren. »Ganz einfach, in der Nähe des Bahnhofs. Die Rue de la République immer geradeaus bis zur Stadtmauer, dahinter gleich rechts.«

Zur verabredeten Zeit sind fast alle im Bus. Die ältere Dame fehlt. Ihr Mann ist verzweifelt. Er war – mit ihrer Handtasche unterm Arm – nur mal kurz in einem Geschäft nach Batterien für den Foto schauen, als er rauskam, war sie weg. Er nahm an, sie hätte sich anderen Reiseteilnehmern angeschlossen, wäre schon vorausgegangen, da sie nur langsam lief. Er war noch in einem Ansichtskartenladen … Ihm laufen die Tränen. Er will sofort losstürmen, aber Jochen befürchtet, dass dann vielleicht auch er verschwunden sein könnte. Wir warten eine halbe Stunde, hupen. Keine Dame.

Der Reiseleiter teilt uns ein. Fünf Leute, zu denen ich gehöre, sollen die Vermisste suchen. Er selbst wird zum Touristenbüro und zur Polizei gehen. Wir kämmen die Parallelstraßen durch, verständigen uns an Kreuzungen per Handzeichen, treffen uns am Palast. Gleiche Strecke zurück, dabei aber in alle Geschäfte sehen. Wir treffen uns wieder am Bus. Kein Jochen, keine Dame. Wir kämmen die Straßen erneut durch, begehen nun auch die abzweigenden Gassen und treffen uns am Palast. Auf dem Weg zurück schauen wir auch in den Nebengassen in Lokale und Geschäfte.

Nach drei Stunden stößt Jochen zu uns. Er weiß um den Ernst der Lage, lacht sich aber fast krank. »Auf einer Polizeistation fragten sie mich nach der Nationalität der Vermissten. Dann führten sie mich an mehreren Warteräumen vorbei zum

›Deutschenzimmer‹. Dort schauten mich vier Leute erwartungsvoll an.« Die alte Dame war nicht dabei.

Wir gehen zurück zur Stadtmauer, um die Suche auf der anderen Seite fortzusetzen, falls sie weitergelaufen ist. In der Ferne hören wir es hupen, immer wieder. Das könnte unser Bus sein. Wir spurten los. Und tatsächlich, oh Wunder, nach fast vier Stunden ist die Dame wieder aufgetaucht. Ihr Mann ist total aus dem Häuschen, lässt ihre Hand nicht mehr los. Sie berichtet: »Ich bin an der Stadtmauer rechts, wie beschrieben.« Aber vor, nicht hinter der Mauer. »Ich bin gelaufen und gelaufen und da war kein Bus. Dann habe ich mich mit ›tatütata‹ zur Polizei durchgefragt. Die konnten mich nicht verstehen, haben mich mit anderen Leuten in einem Gang warten lassen. Schließlich kam einer, sprach mit mir, war wohl Englisch, ich konnte jedenfalls nichts verstehen. Ich habe immer wieder mit den Armen gerudert und ›husch, husch, husch‹ gemacht. Endlich haben sie es kapiert, mich in ein Polizeiauto verfrachtet und zum Bahnhof gefahren. Aber da war kein Bus. Erst auf Armbewegungen mit Steuerrad in der Hand brachten sie mich zu den parkenden Bussen an der Stadtmauer.«

Pfiffig, die alte Dame.

Abends sitzt das Pärchen händchenhaltend in der Hotelbar. Plötzlich tritt er zu uns an den Tisch. »Meine Frau ist noch so aufgeregt«, erklärt er. Ich denke eher, er war es. »Sie möchte gerne etwas Alkoholisches trinken, hat Ihre Gläser gesehen. So etwas will sie auch. Wie heißt das?«

Jetzt kommt ein diffiziler Teil, da braucht man Fingerspitzengefühl. Wir haben es ihm natürlich verraten, aber wenn ich jetzt hier ›Lumumba‹ schreibe, dann ist das politisch nicht korrekt. Patrice Lumumba war ein kongolesischer Politiker, ein Kämpfer für die Unabhängigkeit, was dem Herrscher der Kolonie nicht passte. Der leckere Drink fällt somit in die Diskussion, ob Speisen und Getränke rassistisch zu interpretierende Namen tragen dürfen, siehe Schaumkuss und Zigeuner-schnitzel. Wenn ich jedoch ›Tote Tante‹ schreibe, wie die empfohlene Bezeichnung für den Drink lautet, kennen Sie den eventuell nicht und überlegen, versehentlich in einem Krimi gelandet zu sein …

Wir sagen ihm, dass das Getränk aus Kakao und Alkohol besteht, wir gerne für ihn eins ordern. Unser Angebot lehnt er ab, das macht er selbst. Wir beobachten, wie er dem Barkeeper erklärt und erklärt, hören sogar Muh-Laute. Als er an unserem Tisch vorbeischlendert, bemerkt er triumphierend: »Alles klar. Er bringt es uns an den Tisch.«

Und genau an diesem Tisch wird es einige Minuten später recht laut. Die Frau schimpft: »Nie kannst du richtig zuhören. Was soll ich damit?«

Vor ihr steht … ein Glas warme Milch.

Im Goldenen Dreieck

(Mailand) Am Nachmittag informiere ich mich im ›Goldenen Dreieck‹ über die aktuellen Fashiontrends. Sehr stylish, aller-dings nicht alltagstauglich; die Kleidung zu extravagant, was sie ja auch sein soll, die Schuhe nur für einen kurzen Gang vom Auto zu einem Restaurant geeignet.

In einem Straßencafé gönne ich mir einen Cappuccino. Ein Herr von unserer Gruppe erscheint und setzt sich zu mir. Ich hatte mich bisher noch nicht mit ihm unterhalten, da er ständig telefonierte. Momentan ist sein Handy stumm. Er und seine Frau leiten eine Immobilienfirma. Das geht auch von hier, sogar von der Tribüne der Rennstrecke in Monza, auf der er mit einer Tasche voller Unterlagen saß.

Ein Anruf. Es ist seine Frau, die vom Eingang eines Juwe-liergeschäftes zu uns herüberwinkt. Lange bleibt er nicht weg.

»Wenn es ihr gefällt, soll sie es sich doch kaufen«, erklärt er bei seiner Rückkehr.

Wieder ein Anruf, wieder seine Frau. Sie möchte auch meine Meinung zu ihrer Auswahl hören. Ich zögere, bin mir nicht sicher, ob ich ihr helfen kann. Ihr Stil ist ... mmh ... eigenwillig. Jeden Tag andere Stiefel zu einem schwarzen Lederrock, der kaum als solcher zu erkennen ist, dazu Tops in Leoparden-, Geparden- oder Tigeroptik, die etwas zu eng und zu kurz sind. Sie ist sehr nett und nicht dumm, hat trotz Mini-Mini-Röckchen in der Beziehung eindeutig die Hosen an.

Ich bin neugierig, was sie sich ausgesucht hat, und sprachlos, als sie mir im Laden einen Armreif reicht. Gold, aber nicht glänzend. Massiv, aber nicht protzig. Zwei langgestreckte, mit gravierter Fellzeichnung und -struktur versehene Leoparden, die sich anschauen. Ich bewundere die in graziösem Sprung abgebildeten Körper der Raubkatzen, die fein ausgearbeiteten Köpfe. Ein Traum.

Ich probiere den Armreif an. Er passt. Ich würde ihn sofort nehmen. Warum habe *ich* dieses wunderschöne Schmuckstück nicht entdeckt?

An einem Faden baumeln Papiere: Echtheitszertifikat, Ursprungsnachweis, Unikatsbescheinigung und ein Preisschild. Verstohlen werfe ich einen Blick darauf und zähle die Nullen. 30.000,00 Euro.

Großzügig überlasse ich ihr das Goldstück.

Hodes

(Sanaa/Jemen) Die Instruktion lautete: »Bitte sich nur an die für uns reservierten Tische setzen.« Und genau diese suche ich jetzt, möchte frühstücken. Die arabischen Beschriftungen kann ich nicht entziffern, aber es gibt auch ein Schildchen mit arabischem Aufdruck und darunter: HODES. Das ist weder der Name des Reiseveranstalters noch der des Reiseleiters. Die Anzahl der Plätze entspricht unserer Gruppe. Ich lasse mich nieder und werde auch nicht verjagt. Das Personal serviert unaufgefordert Tee, Toast und Marmelade.

Allmählich trudeln andere Reiseteilnehmer ein, gesellen sich zu mir. Hodes sagt ihnen auch nichts. In letzter Minute, wie bei allen Terminansagen auf dieser Fahrt, erscheint unser Reiseleiter. Ich frage ihn nach der Bedeutung des Tischschildes.

»Ist doch klar! Der Name unserer Reise.«

Ich verstehe es immer noch nicht, will aber nicht nachhaken. Ihm war es ja klar, da kann ich mich doch nicht gleich am ersten Tag als Depp outen.

Nach einem erlebnisreichen Tag mit dem Besuch des Nationalmuseums, dem Betrachten eines Trauerzuges, dem Gang durch die Altstadt mit der auf der Welt einmaligen Häuserarchitektur, dem Bummel über den Gemüse-, Silber- und Gewürzmarkt setze ich mich am Abend hin, um unsere Stationen und einige Stichworte zu Papier zu bringen. Wie hieß nochmal das Museum? Um nachzuschauen, krame ich nach der Seite mit dem Programmverlauf, die ich aus dem Reisekatalog gerissen hatte. Mein Blick fällt auf die fett gedruckte Überschrift: Höhepunkte des Bergjemen.

Völlig klar. Mehr oder weniger sinnvoll abgekürzt lautet diese Hodes.

Verlustängste

Jeder Mensch ist voreingenommen. Ob aus eigener Erfahrung, vom Hörensagen oder aufgrund fundierter Informationen, ob gerechtfertigt oder unberechtigt, Vorurteile halten sich.

»Ich fahre nächste Woche in den Süden Italiens«, erzähle ich. Kaum habe ich den Satz ausgesprochen, hagelt es Ratschläge zur Sicherung der Wertsachen.

Bis zur vorletzten Stunde unseres Aufenthaltes in Neapel war ich der festen Überzeugung, dass man dort eher von einem Verkehrsmittel überrollt wird, als bestohlen zu werden, aber dann traf es doch eine Mitreisende. In einer engen Gasse bahnte sich ein Mofafahrer mit Sozius unentwegt hupend den Weg, ihre Umhängetasche verließ mit dem Duo den Ort des Geschehens. Uns bescherte dieser Umstand weitere Zeit in Neapel: Gang zur Polizei zur Anzeige, zur Bank zum Sperren der Karten, zur Apotheke, um lebenswichtige Medikamente zu besorgen, zu einem Arzt, da die Apotheke diese nicht ohne Rezept ausgab.

Selbst die Italiener haben Bedenken, hing doch am Eingang eines Geldinstituts ein Verbotsschild für Schusswaffen. Darf man generell mit einer Knarre in eine Bank, wenn man sie nicht für einen Überfall benutzen möchte? Darüber habe ich mir noch nie Gedanken gemacht.

Obwohl wir aufpassten, verschwand bei der Besichtigung von Lucera eine weitere Handtasche auf Nimmerwiedersehen.

Trani erreichten wir am späten Nachmittag. Außer einem Kleinwagen mit dänischem Kennzeichen war der Touristenparkplatz leer. Wir sahen uns die Kathedrale an und hatten noch eine halbe Stunde Zeit, den herrlichen Blick über das Meer zu genießen. Es war so friedlich …

… bis wir nach nur wenigen Minuten lautes Hupen hörten, immer und immer wieder. Das konnte nur unser Bus sein. Eine Programmänderung? Wir liefen zum Parkplatz.

»Sie sind ja schon zurück«, empfing uns der Busfahrer.

»Sie haben doch gehupt.«

»Aber nicht wegen der Weiterfahrt.« Er deutete auf den Kleinwagen. Die beiden hinteren Scheiben waren zertrümmert.

Er hatte zugesehen, wie zwei Kerle die Gepäckstücke vom Rücksitz klauten, sich aber nicht getraut, den Bus zu verlassen.

»Wir fahren morgen mit dem Auto nach Italien«, berichtet eine Kollegin freudig.

»Wohin genau?«, hake ich alarmiert nach.

»Nach Sizilien.«

Ich schlucke, ich schlucke nochmals.

»Gute Erholung und viel Spaß!«, wünsche ich ihr.

War es richtig, sie unvorbereitet loszuschicken? Ich denke schon. Sicher hat sie bereits jemand gewarnt.

Ein etwas anderer Urlaub

Ursprünglich wollte ich nach Brasilien. Der Zuckerhut und die Jesusstatue in Rio, spärlich bekleidete Schönheiten an der Copacabana, der Amazonas, Regenwald … Ich hatte mich eingelesen und freute mich sehr.

Mangels Teilnehmern wurde die Reise kurzfristig abgesagt. Da ich in der Firma bereits Urlaub eingereicht hatte und den Resturlaub vom Vorjahr bis zum März nehmen musste, besorgte ich mir im Reisebüro einen Fernreisekatalog, und nur eine Tour durch den Jemen deckte genau diese beiden Wochen ab. Es gab auf die Schnelle auch noch einen Platz für mich. Kein Wunder, denn, wie ich später erfuhr, fiel der Termin in den Ramadan, den Fastenmonat, in dem von Aufenthalten abgeraten wird, da das Leben langsamer abläuft und man tagsüber nirgends etwas zu essen bekommt.

Nach ausgiebigen Besichtigungen in der Hauptstadt Sanaa fuhren wir über Schibam und Kaukabam in den Norden nach Sada, durch die Tihama in den Westen nach Hudaidah am Roten Meer, nach Taiz und zurück nach Sanaa.

In der Hauptstadt war das Tragen von Waffen nur Polizisten und Militärs erlaubt, außerhalb der Stadtgrenze jedem. Bei Karawanen wie unserer, vier Toyota Landcruiser, sogar Pflicht, da immer wieder Touristen, manchmal ganze Gruppen, entführt wurden, wobei es oft zu Schusswechseln kam. Jedes Fahrzeug hatte eine Kalaschnikow an Bord. Sie lag griffbereit neben dem Fahrer mit dem Lauf nach hinten, in unserem Gefährt, da ich immer hinten in der Mitte saß, genau auf meinen Bauch gerichtet. Ein mulmiges Gefühl. Asphaltierte Straßen gab es nicht überall, oft waren wir auf Schotterpisten unterwegs, es holperte ganz ordentlich. Leider war es mir mit meinen langen Beinen nicht immer möglich, eine Berührung mit dem Monstrum zu vermeiden. Mit Händen, Füßen und für den Einheimischen unverständlichen Worten fragte ich jeden Morgen, nach Besichtigungen oder Pausen, bei denen der Fahrer die Waffe mitgenommen hatte, ob sie auch gesichert sei. Er amüsierte sich köstlich darüber, bestätigte aber, jedenfalls deutete ich so seine Mimik und die Gesten, dass nichts passieren könne.

Die Reisezeit war perfekt. Wir begegneten nur wenigen Touristen. Hungern mussten wir auch nicht. Überall kannte ein Fahrer oder der Dolmetscher jemanden, der jemanden kannte, dessen Onkel in einem Betrieb arbeitete, der Fladenbrot herstellte. Oder wir aßen – bei geschlossenen Fensterläden – in ausländischen Lokalen.

Wir durften das Fest des Fastenbrechens miterleben. Überall feierten Männer, es wurde ausgiebig gegessen, geraucht, gelacht und schon am Tag öffentlich Qat gekaut.

Die in Lumpen gekleideten Kinder mit verdreckten Gesichtern, Rotznase und verfilzten Haaren, die uns bisher scharenweise angebettelt hatten, trugen jetzt feierliche Kleidung; die Jungen dunkle Sakkos und strahlend weiße Dishdashas mit Krummdolch im Gürtel, bei den kleinen Mädchen (nur bis zur Pubertät dürfen sie sich öffentlich zeigen) verschlug es mir fast den Atem. Sie stolzierten mit wunderschönen Kleidern in meist sehr grellen Farben herum, sahen aus wie Prinzessinnen. Waren Schwestern unterwegs, trugen sie das gleiche Modell in der entsprechenden Größe. Dazu waren sie geschmückt mit Hütchen, Lacktäschchen und Lackschuhen, weißen Strümpfen, Henna-Verzierungen auf Händen und Armen, viele auch mit Armreifen, Ringen und schweren Gehängen aus Goldmünzen (die Aussteuer) um den gewaschenen Hals. Etwas störend wirkte die obligatorische grüne oder rote Plastiksonnenbrille.

Heute sind wir unterwegs in den Osten in Richtung Saudi Arabien. Unser Ziel ist das 170 Kilometer entfernte Marib mit dem alten und dem neuen Staudamm. Zunächst führt die Strecke über zwei Pässe, dann in unglaublich vielen Serpentinen hinab in die Ebene. Dieses Gebiet ist für seine Stammeszwistigkeiten berüchtigt, hier hatten sich fast alle bisherigen Entführungen abgespielt. Drei Straßenkontrollen haben wir bereits passiert. Dabei halten wir nur kurz an, die Fahrer palavern mit den Schwerbewaffneten, lachen, dann setzt sich unsere Karawane wieder in Bewegung.

Es gibt nur diese befestigte Straße nach Marib, kein Soldat hat einen Blick an uns Insassen verschwendet, ich frage mich, wozu diese Kontrolle eigentlich gut sein soll. Bei der nächsten Gelegenheit erkundige ich mich bei unserem Reiseleiter. Die Antwort ist ebenso simpel wie ernüchternd: Alle Überlandfahrten müssen vorab angemeldet und offiziell genehmigt werden. Die Soldaten an den Kontrollpunkten verständigen sich untereinander. Wenn wir also an einem Haltepunkt nicht auftauchen sollten, weiß man genau, auf welchem Streckenabschnitt wir entführt wurden. Da die Bewegungen der einzelnen Stämme von den Posten registriert werden, kann sich die Regierung darauf einstellen, mit welchem Clan Verhandlungen zu führen sind. Dabei geht es nicht immer um Lösegeld, manchmal auch um die Durchsetzung von Forderungen, Freiheiten oder Rechten.

Nach der kurvenreichen Fahrt legen wir eine Rast ein, um uns die Beine zu vertreten. Obwohl es wahnsinnig heiß ist, marschiere ich einige Meter die Straße hinauf, genieße die Stille und den Ausblick. Hinter mir die Berge, vor mir eine unendlich scheinende karge Geröllwüste. Kein Mensch, kein Tier, kein Haus, kein Baum, kein Strauch, nur Steine, Staub, Kies und Dreck so weit das Auge reicht. Wunderschön – also für mich als Wüstenfan.

Die Fahrer stehen beisammen und rauchen. Plötzlich kommt Bewegung in die Männergruppe. Die Fahrer eilen zu ihren Wagen und holen die Kalaschnikows hervor. Ich schaue mich hektisch um, doch es ist alles ruhig. Momentan jedenfalls noch. Ein Fahrer rennt ein Stück in die Steinwüste, platziert ein leeres Marlboro-Päckchen auf einem Felsbrocken, dann geht die Ballerei los. Nur so aus Langeweile schießen sie auf die Zigarettenschachtel, beglückwünschen sich bei einem Treffer lautstark mit viel Gelächter und Schulterklopfen. Unsere Männer werden eingeladen, es auch einmal zu versuchen. Sie lehnen ab.

Frauen sind in diesem Land außen vor. Schade. Ich hätte nicht Nein gesagt.

Menschliche Bedürfnisse 1

(Jemen) Das klang doch alles sehr nett und gemütlich. Aber vielleicht fragen Sie sich ja, wie man es auf einer solchen Reise mit den menschlichen Bedürfnissen hält.

Das Hotel in Sanaa hatte internationalen Standard. In Taiz schloss sich meinem Zimmer ein winziges Bad an. Klein, aber mein. Zwei Quadratmeter ohne Tür, dafür mit farbenfrohen Badehandtüchern, die ein wenig unpassend für die Gegend über Motive und Aufdrucke von Maui/Hawaii verfügten.

In Sada ebenfalls ein eigenes, sogar großes Badezimmer. Der Wassererhitzer war sehr abenteuerlich und mit blanken, teils losen Anschlusskabeln auf Brusthöhe über der Badewanne angebracht. Auch als abends der Generator den nötigen Strom zur Inbetriebnahme des Boilers lieferte, traute ich mich nicht, ihn zu benutzen. Es gab auch keine Wasserspülung. Neben der nackten Toilettenschüssel standen zwei Eimer. Einer zum Nachspülen, einer für Papier. Woher ich das wusste? Der erste war halb mit Wasser gefüllt, der zweite noch mit dem benutzten Toilettenpapier meiner Vorgänger, was ich selbst im funzeligen Kerzenlicht erkennen und vor allem riechen konnte. Aber wenn ich bedenke, dass viele Zimmer in dieser Herberge gar keine Waschgelegenheit hatten, die Gemeinschaftsanlage benutzt werden musste, bin ich noch gut weggekommen. Die bestand aus mehreren Waschbecken aus einer früheren Epoche am Ende des Flurs, völlig offen, und zwei Bretterverschlägen, wahrscheinlich mit Toiletten; ich habe nicht nachgeschaut.

Im Kofferraum unseres Toyotas lagen einige alte Handtücher, die wir abends dazu benutzten, unsere Gepäckstücke grob vom Dreck zu befreien, um ihre Farbe erkennen und sie zuordnen zu können. Dieser Staub bedeckte natürlich auch uns. Trotzdem begnügte ich mich mit einer Katzenwäsche, musste auch kein schlechtes Gewissen wegen der Bettwäsche haben, es gab vom Hotel keine. Und meine eigene war selbst im Koffer schon gelbbraun, so dass es auf den mir anhaftenden Schmutz nicht mehr ankam.

Ich höre nicht bewusst der Diskussion mit dem Angestellten des Ghamdan-Hotels in Hajjah zu, schnappe aber einen Satz auf: »Einige Zimmer haben kein Bad.«

Ich weiß genau, wen es treffen wird. Der Reiseleiter wird nicht wagen, dies den pingeligen Damen zuzumuten, die ihn sicher umgehend lynchen würden. Zu oft hat er es sich schon bei ihnen mit Bemerkungen und Aktionen verscherzt.

Strom gibt es keinen. Im ersten Stock bin ich als Raucher bei der Zimmersuche klar im Vorteil, mit der Flamme des Feuerzeugs schon bald erfolgreich. Das Gemach verfügt über ein großes Doppelbett, dunkle Holzmöbel und sogar einen Fernseher. Vielleicht hätte man den Boden einmal saugen können?! Staub liegt überall, aber der kommt ja auch durch alle Ritze. Eine Tür führt mich auf den Balkon mit Blick in Richtung Stadt und Festung, die zweite Tür fehlt, aber das hatte ich ja bereits geahnt.

Mit dem Reisenecessaire und meinen Handtüchern unter dem Arm begebe ich mich auf die Suche, finde die momentan sogar freie Räumlichkeit am anderen Ende des Ganges, neben dem Zimmer von Frau Peters, die in ihrem bereits rumort, was nicht zu überhören ist, da die Trennwand dreißig Zentimeter unterhalb der Decke endet. Meine Teelichter habe ich im Zimmer vergessen, durch diese Öffnung dringt jedoch genügend Helligkeit in den fensterlosen Raum, so dass ich mich ausziehe und in die Wanne stelle. Da ein Vorhang fehlt, der Duschkopf ganz oben in der Außenwand fest verankert ist, setze ich den Raum unter Wasser.

Plötzlich wird es dunkel. Frau Peters hat die Tür geschlossen, durch die die Helligkeit ihres Zimmers fiel. Soll ich rufen? Eigentlich bin ich ja fertig, kann mich auch in etwa daran erinnern, wo sich alles befindet. Beim Steigen aus der Wanne rutsche ich auf dem überschwemmten Boden aus, falle über die Toilettenschüssel und kann mich gerade noch am Waschbecken festhalten. Da ich die verschwitzten Kleidungsstücke nicht wieder anziehen möchte, gehe ich das Risiko ein, eventuell im Gang wandelnde Personen zu schockieren und bedecke nur die nötigsten Stellen, um zum Zimmer zu huschen, lasse einen Swimmingpool zurück, denn mit meinen Handtüchern werde ich den Boden ganz sicher nicht aufwischen. (Außer mir hat das Bad niemand benutzt, es gehörte fest zum Zimmer.)

Zum Abendessen gibt es wieder Hammelfleischbrühe mit Zitronensaft, Huhn, Reis und Minibananen. Unser Reiseleiter am anderen Ende des Tisches erzählt gerade lautstark, dass die Intimität in seinem Badezimmer fehlen würde, da nebenan ebenfalls jemand den dort üblichen Tätigkeiten nachgehe. Nicht weniger laut werfe ich ein, dass dies wirklich sehr unangenehm sei, ich aber froh wäre, wenigstens ein dem Zimmer angeschlossenes Bad zu haben. Vier Mitreisende lachen sich halb krank. So muss ich nicht nachfragen, wer, wie ich, im Gang unterwegs gewesen war. Der Reiseleiter jedenfalls nicht. Er hat seinen Fauxpas erkannt und schweigt die nächsten dreißig Minuten. Weil unser Archäologe ohne Grabungsauftrag, wie er sich nannte, ständig plapperte und, wenn es nicht gerade um sein Fachgebiet ging, meist Unsinn dabei herauskam, entschädigte mich sein kurzzeitiges Schweigen schon fast für die ausgelagerte Waschgelegenheit.

Auf der Alm

Oberammergau kenne ich jetzt, war im Kleinen Theater, auf dem Laber, habe Drachen- und Gleitschirmflieger beobachtet, an einer Führung durch das Passionsspielhaus teilgenommen, war im Heimatmuseum, im Kino, besuchte alle Souvenirläden und das nahe gelegene Schloss Linderhof.

Um die Umgebung zu erkunden, unternehme ich in dieser Woche einige Bus-Tagesausflüge.

Am Sonntag die Drei-Pässe-Fahrt. Flexenpass, Arlbergpass und Fernpass, das klingt stark nach Gebirge. Obwohl ich Flachlandtiroler bin, weiß ich selbstverständlich, wie man sich in den Bergen kleidet: Festes Schuhwerk, Wollsocken, eine leichte Jacke für den Bus, eine dicke Jacke fürs Gebirge, Regenschutz. In den Bergen weiß man ja nie, das Wetter kann schnell umschlagen, da muss man auf alles vorbereitet sein. Da es sich bei den Mitfahrern vornehmlich um ältere Herrschaften handelt, fahren wir außer St. Anton und Lermoos einen weiteren Ort an. Im ersten Brotzeit, im zweiten Mittagessen, im dritten Kaffeetrinken. Nirgends genügend Zeit, meine Bergausrüstung zu testen.

Montag: Mittenwald, Seefeld, Mösern. In Seefeld war ich als Kind einmal. Leider kann ich meine Erinnerungen nicht auffrischen, komme in der halben Stunde Aufenthalt noch nicht mal zum namensgebenden See. Dafür langer Stopp in Mösern. Der Ort hat mich nicht vom Hocker gerissen, ich gehe mit den Mitreisenden zum Mittagessen in ein Lokal.

Dienstag: München mit Stadtrundfahrt und Olympia-Gelände. Besser festes Schuhwerk anziehen. Das Pflastertreten in einer Stadt ist ermüdend und ich will ja viel sehen. Wir bekommen eine wirklich große Stadtrund*fahrt* geboten, anschließend zwei Stunden Aufenthalt am Olympia-Gelände, das ich zum Erwandern nicht so attraktiv finde.

Mittwoch: Wieskirche, Neuschwanstein, Hohenschwangau, Plansee. Vor den Schlössern steht man sich die Beine in den Bauch – und ich muss ja auch erst hinauf. Also ... Bergausrüstung. Wirklich notwendig war sie nicht.

Donnerstag: Bereits um sechs Uhr am Morgen starten wir zur Drei-Länder-Fahrt Österreich, Schweiz und Liechtenstein, in denen festes Schuhwerk ein Muss ist. Über 500 Kilometer fahren wir durch wunderschöne Landschaften, die Pausen reichen gerade mal für die menschlichen Bedürfnisse.

Der Freitagsausflug wird mangels Interessenten leider abgesagt. Ich gönne mir mit Badeanzug und -latschen einen Erholungstag in der Therme.

»Mit mir nicht mehr«, sage ich mir am Samstag. Für die Fahrt ins Karwendelgebirge, mehr Beschreibung liefert der Ausschreibungstext nicht, ist ein sehr heißer Tag angekündigt. Verschiedene Stationen anfahren, bummeln, etwas trinken, dafür genügen ein weißer Rock, ein luftiges Trägerblüschen und die Sandalen. Ich erreiche den Bus auf den letzten Drücker (im Hotel gibt es am Wochenende erst Frühstück ab acht), aber noch pünktlich um 9.00 Uhr. Das Publikum ist heute stark verändert. Alles junge Leute, zünftig mit Leder- oder Kniehosen und -strümpfen. Auch der Fahrer, den ich von den vorherigen Touren kenne, nicht mehr in blauer Bügelfaltenhose und weißem Hemd.

Über Vorderriß und Hinterriß geht es auf direktem Weg zu einem Parkplatz in der Nähe der Engalm.

»Abfahrt um 16.00 Uhr. Bitte pünktlich sein«, ertönt es aus den Lautsprechern, dann werden die Gepäckklappen am Bus geöffnet, die Gäste angeln Rucksäcke heraus, Bergschuhe, Teleskopstöcke, Seile und marschieren los.

Fast fünf Stunden! Was jetzt? Es gibt ein Lokal, aber (damals noch) ohne Sonnenterrasse. Soll ich den Tag in einem muffigen Raum mit Eiskaffee totschlagen? Ein Buch habe ich auch nicht dabei. Ich studiere an einem Wegweiser die Möglichkeiten: Besteigung der Lamsenjochspitze, des Sonnjochs, Gamsjochs, Hahnenkampls, Tobel der verschiedensten Schwierigkeitsgrade, Aufstieg zur Falkenhütte …

Ich wähle den Panoramasteig zur Binsalm, ein holpriger, ausgefahrener Weg mit Kiesbelag, schaffe die Alm und bin auch pünktlich wieder am Bus.

Obwohl viel los war, ich wirklich jeden Bergwanderer betrachtet habe, ist mir auf dem Hin- und auch dem Rückmarsch kein Mensch mit Sandalen begegnet, und schon gar nicht mit roten Riemchensandalen mit fünf Zentimeter Absatz.

Menschliche Bedürfnisse 2

(Jemen) Und wie gestaltete sich die Toilettensituation tagsüber? Lokale, wenn wir wegen Ramadan überhaupt eins aufsuchen konnten, verfügten nur selten über sanitäre Anlagen. Der Gang in die Natur war angesagt. Unsere Fahrer hielten an, wurstelten durch den Stoff ihrer Dishdashas am Körper herum, hockten sich an den Straßenrand, schauten unbeteiligt in die Gegend oder unterhielten sich, und unter ihnen bildete sich eine Pfütze. Mit langen Hosen leider nicht praktizierbar. Wir schlugen uns in die Büsche, wenn es denn ausnahmsweise welche gab, oder suchten hinter Felsbrocken Sichtschutz, was aber nicht empfohlen wird, da sich dort Skorpione aufhalten können.

Zudem muss das Geschäft rasend schnell erledigt werden, denn egal, wie weit entfernt von jeglicher menschlichen Behausung wir anhielten, innerhalb weniger Minuten wurden wir von bettelnden Kindern umringt. Aus allen Richtungen strömten sie herbei, dreißig bis vierzig war keine Seltenheit. Ob sie Tiere hüteten oder einfach nur durch die Gegend streiften, konnten wir nie ergründen.

»In jeder Felsspalte und hinter jedem Gestrüpp lauert ein Kind und wartet nur auf uns«, stellte Frau Schwab einmal genervt, aber völlig korrekt fest.

Heute ist die 256 Kilometer lange Strecke von Taiz nach Sanaa zu bewältigen. Es werden dafür fünf Stunden reine Fahrzeit angesetzt. Im Jemen benennt man grundsätzlich die Entfernung in Stunden, um sich ein Bild von den Straßenverhältnissen machen zu können.

Unser erstes Ziel ist der Hausberg von Taiz, der Djebel Sabir, mit 3.007 Meter Höhe. Ich sitze wie immer hinten in der Mitte. Frau Müller auf dem rechten Platz bekommt bei dieser sechs Kilometer langen Auffahrt fast Anfälle, hält sich meist die Augen zu, Herr Lange links stößt einen Fluch nach dem anderen aus, dazwischen Stoßgebete. Es ist in der Tat eine etwas schwierige Strecke, in Serpentinen immer am Hang entlang, mit haarigen Kurven, was unseren Fahrer nicht daran hindert, in einem Höllentempo über den unbefestigten Fahrweg zu brettern. Noch zehn Minuten Fußmarsch, dann bietet sich ein herrlicher Blick auf Taiz. Wir befinden uns ziemlich genau 1.600 Meter oberhalb der Stadt.

Unser Reiseleiter muss unbedingt – genau eine Stunde nach dem Frühstück – in einer Teestube einkehren, überzeugt ein paar Damen, ihn zu begleiten. Es ist natürlich angenehm, dass heute, am ersten Tag des Fastenbrechens, Lokale wieder geöffnet haben. Aber müssen wir jetzt alles nachholen, alle sich bietenden kulinarischen Angebote nutzen?

Weiter geht es zu einer Moschee, die nicht in Betrieb ist, weil sie gerade restauriert wird, in die wir deshalb hineindürfen. Also in Dreiergruppen mit Kopfbedeckung genau bis zur Türschwelle, um uns von dort aus den Hals zu verrenken. Der Wächter bietet sich an, die Kuppel und Gebetsnische zu fotografieren, die wir nicht einsehen können. Frau Müller dreht fast durch, als er dies für sie tut, denn er knipst, spannt, knipst erneut, spannt, nächstes Bild, noch ein Foto, bis der Film voll ist, er ihr freudestrahlend die Kamera übergibt und ein angemessenes Trinkgeld für seinen Eifer erwartet.

Nach der ausgiebigen Besichtigung von Dschibla kehren wir in Ibb in einer Garküche ein. Wir essen mit Löffeln aus Blechnäpfen Huhn und Reis, die Einheimischen ausnahmslos mit den Fingern von einer Platte in der Tischmitte. Reis fällt herunter, die Hühnerknochen und -abfälle werden dazu geworfen, so ist die schmucklose Ausstattung des Lokals mit lackierten Holztischen, Klappstühlen, Fliesenboden und dem Waschbecken in einer Ecke durchaus sinnvoll.

Frau Schwab möchte gerne die Toilette aufsuchen, aber so etwas gibt es hier nicht. Zu ihrem Anliegen äußert sich der

Reiseleiter wie folgt: »Wir können vielleicht nachher irgendwo auf der Strecke anhalten.«

Da ist bei ihr Schluss mit lustig. Sie rastet völlig aus und brüllt: »Nachher? Ich muss jetzt! Irgendwo? Da hab ich doch gleich wieder hundert Kinder an den Fersen kleben.« Sie wirft ihm vor, dass er sie zum Teetrinken schleppt und dann kein Verständnis für dessen Entsorgung hat.

Der Wirt, gleichzeitig Koch, hat die Diskussion über seinen offenen Tätigkeitsbereich hinweg verfolgt, kommt heran und fragt den Reiseleiter in Englisch, ob etwas mit dem Essen nicht in Ordnung sei. Unser Führer lacht, erklärt den Sachverhalt. Frau Schwab tobt nun an ihrem Tisch sitzend, kann sich nicht beruhigen. Der Wirt tritt zu ihr, reicht ihr die Hand, zieht sie hoch und mit sich zur Tür.

Es dauert lange, bis die beiden wieder erscheinen. Sie strahlt über das ganze Gesicht. Natürlich muss sie uns berichten: »Es ging von der Hauptstraße ab, durch mehrere Gassen, immer enger und immer dreckiger. Das war echt ekelig. Ich wusste gar nicht, wo ich hintreten sollte. In einem Haus, es war wohl das vom Koch, wies er mir über eine steile Treppe den Weg in den ersten Stock und dort in einen kleinen Vorbau, wie ein Erker, mit schmalen Fenstern links und rechts und einem Loch im Boden, durch das ich nach unten schauen konnte.« Sie lacht befreit. »Ich hab die Tür hinter mir geschlossen und war ganz alleine.«

Und auf dem Rückweg machte sie sich auch keine Gedanken mehr über den Ursprung der feuchten Stellen und des Drecks in den Gassen.

Erinnerungsfotos

Das Fotoalbum der Jemen-Reise sehe ich mir oft an, kenne die Motive und die Reihenfolge auswendig.

Als Vorbereitung zu diesem Buch holte ich den damals verfassten Reisebericht hervor. Über den Spaziergang auf der Stadtmauer von Sada steht geschrieben:

>*Es bieten sich fantastische Blicke auf das Minarett der Moschee und die Häuser, die nicht aus Ziegeln erbaut sind, sondern aus Lehm* >*geformt<. Beim Bau wird der Erdaushub mit Lehm und Häcksel gemischt, wie eine Mauer hochgezogen (immer nur einen halben Meter am Stück), festgeklopft und einige Tage trocknen lassen. Dann folgt der nächste Wulst (Sabur-Technik). Für die Etagenböden wird ein Holzgerüst gezimmert und ebenfalls mit dem Lehmgemisch ausgefüllt. So entstehen vier- oder fünfgeschossige Häuser, deren Wände sich leicht nach innen neigen. Bei einigen Bauten können wir die Schichten deutlich erkennen, andere wurden – ebenfalls mit Lehm – verputzt, der beim Trocknen Sprünge und Risse bekommen hat, so dass die Fassaden wie Elefantenhaut aussehen.*

Auch hier in Sada besitzt die Moschee einen großen Garten, der von den benachbarten Anwohnern bebaut und gepflegt wird.

Wir laufen weiter über die insgesamt fünf Kilometer lange Mauer, die die Altstadt umgibt. Es ist alles so unwirklich. Die Stille, diese einmalige Architektur, ständig neue Blicke auf die Bauten und Gassen. Nein, Gassen sind es eigentlich nicht, eher schmale Häuserzwischenräume.

Ich habe gerade ein tolles Fotomotiv entdeckt: einen größeren Gebäudekomplex, im Hinterhof Schafe, Lämmer, Ziegen, ein Buckelrind und sogar ein kleines Kamel.<

Ein kleines Kamel. Wie süß! Noch dazu das erste Exemplar, das wir auf dieser Reise sahen. Allerdings kann ich mich nicht daran erinnern. Es gibt Fotos von der Tour, aber dieses nicht, da bin ich mir absolut sicher. War der Film voll und ich hatte keine Möglichkeit, ihn zu wechseln?

Ich lese weiter: ›*Nagib* (unser Dolmetscher) *kommt vorbei, bleibt bei unserem Reiseleiter stehen, deutet auf mein Motiv und erklärt:* »*Und das ist der Schlachthof von Sada.*«‹

Pech gehabt

Auf der Busfahrt durch Südfrankreich regnete es häufig. Meist dann, wenn ein interessanter Ort auf dem Programm stand. Die Grande Dune du Pilat an der Atlantikküste betrachtete ich nur von unten, hatte bei dem nassen Sand kein Bedürfnis nach einer näheren Bekanntschaft. Obwohl ich nicht an Wunder glaube, war es ein Gänsehautgefühl, in Lourdes mit Tausenden Gläubigen und Hoffenden mit Gesang und mehrsprachig gebeteten Ave-Marias zur Erscheinungsgrotte zu pilgern – ohne Schirm und quatschende Schuhe wäre es sicher noch beeindruckender gewesen.

In Andorra sah ich die Berge nur schemenhaft, in Perpignan stach mir jemand fast mit einer Schirmspeiche ins Auge. Carcassonne blieb in schlechter Erinnerung, weil ich nach dem Aufenthalt in der mittelalterlichen Festungsanlage die Hosenbeine meiner Jeans auswringen konnte. Das malerische Panorama von Rocamadour verschwamm im Regen. Ich stellte mir den Wecker, um vor dem Frühstück und der Weiterfahrt ein Stück aus der Stadt zu laufen und doch noch Fotos der grandiosen Stadtansicht zu ergattern, doch auch morgens um halb sechs plätscherte es munter.

Pech gehabt.

Schlimmer kann es nicht werden, sagte ich mir und buchte die gleiche Reise noch einmal – zweieinhalb Jahre später, also zu einer anderen Jahreszeit. Leider bewahrheitete sich der Spruch: Schlimmer geht immer. Es schüttete. Dauerregen. Vom ersten bis zum letzten Tag. Die Wanderdüne bei Arcachon fuhren wir erst gar nicht an. In Lourdes ließ ich den Besuch der Erscheinungsgrotte aus, studierte stattdessen das Warenangebot in einigen der knapp 200 (in Worten: zweihundert!) Andenkenläden: Marienstatuen in allen Größen, hohl als Flasche, gefüllt mit Lourdes-Wasser, in Schneekugeln, auf Kerzen, als Schlüsselanhänger, Medaillons, glitzernd, blinkend, im Dunkeln leuchtend …

In Andorra sah ich die Berge nicht mal mehr schemenhaft, an meinen zweiten Aufenthalt in Perpignan kann ich mich kaum erinnern. In Carcassonne besichtigte ich lediglich die erste Kneipe auf dem Weg vom Busparkplatz zur Cité, in Rocamadour stellte ich keinen Wecker mehr.

Pech gehabt.

Mein Chef lauschte interessiert meinen Erzählungen.

»Es hat bei Ihrem letzten Urlaub in Belgien und den Niederlanden doch auch ständig geregnet«, stellte er ganz richtig fest. »Wenn wir im Dezember die Urlaubsplanung für das kommende Jahr vornehmen, sollten Sie zu den gewünschten Terminen auch die geplanten Reiseziele vermerken.«

Das hatten wir noch nie gemacht.

»Warum?«, fragte ich.

»Damit ich mich darauf einstellen und in den entsprechenden Wochen in die entgegengesetzte Richtung fahren kann.«

Change

(Jemen) Nach einem kurzen Gang durch die Altstadt von Sada erreichen wir den Marktplatz. Hier ist die offizielle Führung beendet. Auf meine Frage an den Reiseleiter, wo ich Geld tauschen könne, meint er nur: »Irgendwo im Souk.«

Vielen herzlichen Dank. Die Mitreisenden sind schon in Richtung Hotel aufgebrochen, ich stehe alleine da. Der Sonnenuntergang naht und damit die Ramadan-Schlemmerei. Es ist Haupteinkaufszeit. Ausschließlich Männer sind hier in Sada unterwegs, einheimische Frauen dürfen nicht in die Öffentlichkeit, nur am Feiertag tief verschleiert und in Begleitung des Gatten, Vaters oder Bruders ihre Familie oder eine Freundin besuchen.

Langsam schlendere ich durch die mittlerweile dunklen Gänge, nur schwach beleuchtet von den Lampen der um den Platz liegenden Geschäfte. Ich schaue aufmerksam nach links und rechts. Die Angebote an farbenfrohen Kleidungsstücken, Kosmetik, bunten Plastiklatschen, Haushaltsgegenständen und dem grünen Hennapulver finden kaum meine Beachtung. Auch den Anblick der Säcke voller Rosinen, Kartoffeln, Paprika, Tomaten, Zwiebeln und Knoblauch, der Schubkarren mit Waschmitteln, der kunstvoll aufgeschichteten Datteln kann ich heute nicht so richtig genießen, bin nur darauf bedacht, mein finanzielles Problem zu beheben.

Endlich werde ich fündig. Am Wegesrand liegt ein kleiner Teppich, auf dem einige Notenbündel drapiert sind. Daneben steht ein Pappschild mit der Aufschrift ›Change‹. Hinter dieser Auslage hockt ein Mann, der nicht gerade einen vertrauenerweckenden Eindruck auf mich macht. Ich gehe lässig vorbei, er soll meine Nervosität nicht spüren. Ich bereite mich seelisch und moralisch auf meine Mission vor, atme tief durch und nähere mich mit flottem und hoffentlich entschlossenem Schritt dem Wechsler.

Nach einem kurzen Gruß erkundige ich mich nach dem Kurs für Deutsche Mark, die aber unbekannt zu sein scheint, jedenfalls reagiert er nicht. Bei dem Wort ›Dollar‹ hellt sich sein Gesicht auf. Wahrscheinlich nennt er mir eine Zahl, die ich nicht verstehen kann.

In der Aufregung habe ich nicht bemerkt, dass mittlerweile einige breit grinsende Männer um mich herumstehen. Einer der Zuschauer ergreift die Initiative und fragt mich in englischer

Sprache, wie viel ich wechseln möchte. Meine Antwort: »50 Dollar« wird übersetzt, man verhandelt, gestikuliert, lacht. Der selbst ernannte Dolmetscher wendet sich nach einiger Zeit wieder mir zu und erklärt, dass ich für das Doppelte einen besseren Kurs bekäme, nämlich 12.500 Rial. Einen Taschenrechner habe ich nicht parat, möchte auch nicht lange verhandeln. Nach der Erfahrung mit der hohen Telefonrechnung werde ich diesen Betrag in der kommenden Woche sicher noch locker ausgeben können. Ich stimme zu. Gegen meine Dollar drückt mir der Wechselstubenbetreiber (ohne Stube) zwei der mit einem Gummiband zusammengehaltenen Notenbündel in die Hand. Jetzt verstehe ich auch, warum er keine andere Fremdwährung wollte: die Stapel sind bereits für den Dollartausch abgezählt.

Und was nun? Was erwartet man jetzt von mir? Es sind alles Fünfzigerscheine, sollten also 250 Stück sein. Muss ich die nun hier öffentlich nachzählen? In den Geschäften und bei den Ständen im Souk ist es üblich, bei Wareneinkäufen zu handeln. Gilt das auch für den Geldwechsel?

Mit versteinerter Miene wende ich mich direkt an den Händler und frage, ob das denn auch stimmen würde. Der Dolmetscher übersetzt. Die Umstehenden mischen sich sofort ein, eine lautstarke Diskussion entbrennt. Ich beobachte verstohlen den Eifer, die Gesten und Mienen der Männer. Es sind noch zahlreiche Zuschauer hinzugekommen. Niemand beachtet mich. Mein Anliegen hat sich zu einer reinen Angelegenheit unter Einheimischen entwickelt, die sie in einer Art Spiel miteinander austragen.

Kommt Ihnen bekannt vor? Ich muss gestehen, dass es sich um einen Auszug aus einem anderen Buch handelt. Aber dann wissen Sie ja auch, wie die Sache endet. Somit breche ich hier ab.

Mit Beilage

Toledo. Eine malerisch auf einem Hügel gelegene Stadt, um die sich der Rio Tajo windet. Die Kathedrale und der wuchtige Alcazar (Festung bzw. Schloss) dominieren das Ortsbild. Schattige Gassen laden zum Bummeln ein, Straßencafés zum Verweilen. Hübsche Geschäfte präsentieren ihre Auslagen, vor allem Anhänger, Haarspangen, Broschen und Armreife, gefertigt in dem für diese Gegend bekannten Tauschierverfahren, dazu Tücher, Stoffe und Fächer, bestickt, bedruckt bzw. bemalt mit dem typischen Design: Gold auf schwarzem Untergrund, meist Darstellungen von Pflanzenranken, Blumen und Vögeln.

Der Aufenthalt in dieser idyllischen Stadt hätte sehr erholsam sein können, aber es stinkt. Der unangenehme Geruch entsteigt dem Rio Tajo, der mehr Schlamm und Abwässer als Wasser führt. Dieser Missstand wird sich in den nächsten Tagen von alleine beheben, denn es regnet – heute das erste Mal seit langer Zeit. Die Einwohner sind begeistert, die Touristen weniger. Es ist Hochsommer, wir befinden uns in Zentralspanien – und dann schüttet es wie aus Kübeln.

Nachdem wir alle Souvenirshops abgeklappert haben, beschließen wir, in ein Lokal zu gehen. Dort bietet man ein Menü an, als Vorspeise Salat. Ich liebe Salat.

Das Glasschälchen ist flach, darin schwimmen in viel Essig und Öl einige Blätter Kopfsalat, eine Achtel Tomate, drei Gurkenscheiben und ein Minihäufchen geraspelter Möhren. Ich esse ein Blatt von dem Kopfsalat, möchte gerade das nächste aufspießen, da strecken sich zwei Fühler aus der Brühe. Eine Schnecke. Wie niedlich. Nur nicht gerade in meinem Essen. Ich rette das Tier, setze es auf den Glasrand und bitte die Kellnerin um einen neuen Salat. Beim Anblick des Kriechtieres quiekt sie entsetzt, eilt damit in die Küche.

Um mich herum wird abserviert. Ich mahne den Salat an. Die Kellnerin lacht.

Die Hauptspeisen werden gebracht. Ich frage erneut nach meiner Vorspeise. Die Kellnerin ist überrascht. »Sie wollen noch einen Salat?«

Selbstverständlich. Im Urlaub esse ich meist ungesünder als zu Hause, da ist jede angebotene Vitaminzufuhr willkommen.

Mit den Worten »Guten Appetit« stellt sie mir wenig später ein diesmal deutlich volleres Salatschüsselchen hin, verzieht dann das Gesicht und meint: »Also *ich* könnte jetzt keinen Salat mehr essen.«

In letzter Sekunde

(Sanaa) Als Herr Glanz bei einem Stopp in dem trockenen Flussbett des Saila seine mitgeschleppten Taschen auspackte, wurde er nicht nur in kürzester Zeit von Horden von Kindern, älteren Männern und sogar einheimischen Frauen umringt, auch ich stand staunend dabei. Er enthüllte eine Filmkamera. Keine Videokamera, sondern eine überdimensional große von früher. Diese montierte er auf das ebenfalls mitgeführte Stativ, schwenkte und kurbelte. Gigantisch. Sicher ein tolles Hobby, aber sehr aufwändig, eine solche Super-16-Ausrüstung einschließlich der Bleibehälter für die einzelnen Filmrollen mitzunehmen.

Rückreise: Vor dem Eingang des Flughafens müssen alle Gepäckstücke, auch Tüten, Handtaschen und Jacken, auf ein Förderband gelegt werden, fahren durch eine Durchleuchtungsanlage und kommen im Innenraum wieder heraus. Wir müssen einen kleinen Umweg an einem Soldaten vorbei laufen, der sich Pass und Flugticket ansieht. Ich suche meinen Koffer und die Jacke aus dem Wust der sich nachschiebenden Gepäckstücke heraus. Fast alle Koffer müssen geöffnet werden, meiner nicht. Zusammen mit den anderen bereits abgefertigten Mitreisenden stehe ich so sechs Meter von der Kontrolle entfernt und beobachte das Treiben. Bei Herrn Schmidt erregt das Metalletui seiner Lesebrille im Handgepäck Verdacht, auch der Rasierapparat im Koffer, der genauestens inspiziert wird. Frau Walter muss die gekaufte Djambija (Krummdolch) abgeben, obwohl sie sich im Koffer befindet.

Ich beobachte, wie Herr Glanz zunächst die Kamera auspackt, dann die Tasche mit dem Stativ. Den Koffer muss er ebenfalls öffnen, wird nach dem Inhalt der sich darin befindenden Filmrollen und seinem Beruf gefragt. Mit einem dieser Behälter verschwindet der Zöllner zu seinem Chef. Herr Glanz kniet mitten im Gewühl neu ankommender Gepäckstücke und Passagiere vor seinem offenen Koffer. Ich gehe zu ihm, um ihm wenigstens die wertvolle Kameratasche abzunehmen. Das dauerte maximal eine Minute. Als ich mich umwende, sind die Mitreisenden verschwunden, mein Koffer auch.

(Wenn ich daran zurückdenke, bebe ich heute noch vor Zorn. Wir hatten vereinbart, gemeinsam zum Lufthansa-Schalter zu gehen, wollten alle zusammensitzen. Wir waren ja nur eine kleine Gruppe von elf Reisenden, die bei dem Aufenthalt und den gemeinsamen ›Erlebnissen‹ eng zusammengewachsen war. Oups! Kein guter Schreibstil: zwei Mal ›gemeinsam‹, zwei Mal ›zusammen‹. Aber genau das trifft den Punkt und ist der Grund für meinen Zorn.)

Ich sehe die Gruppe in Richtung Flugabfertigung laufen, haste hinterher, spreche alle Mitreisenden an. Mein Koffer ist nicht da. Die haben ihn einfach stehenlassen. Ich rase zurück.

Vor der Reise hatte ich mir einen neuen Koffer gekauft, einen ganz billigen, da ich darauf vorbereitet war, dass er strapaziert werden würde. Ihn ziert ein farbiger Streifen mit Blumenmuster, etwas kitschig, aber meine Rettung, so kann ich ihn gleich erkennen, als ich – immer noch mit der 30 Kilogramm schweren Kameratasche über der Schulter – durch die Halle stürme. Er steht neben einem Herrn an einem Schalter für einen

Flug nach Riyadh/Saudi Arabien, das Bodenpersonal befestigt gerade den Papierstreifen am Griff. Nur noch Sekunden ...

Ich stürze hin, reiße das Gepäckstück vom Beförderungsband, brülle:»Das ist mein Koffer.« Das Personal schaut mich erstaunt an, fragt den Herrn, ob er ihm gehören würde. Er verneint. Ich drehe mich um und gehe. Ich rechne damit, aufgehalten zu werden, immerhin stehen an jeder Ecke schwerbewaffnete Soldaten, aber es passiert nichts. Das Namensschild war entfernt worden. Wie hätte ich beweisen können, dass dies tatsächlich meine Sachen waren?

Glück gehabt! Meine schmutzige Wäsche, die Bettlaken, Hosen, Blusen, Schuhe, Strümpfe und das Waschzeug hätte ich gerne einem Bedürftigen überlassen, den Verlust meiner Souvenirs verschmerzt, aber wenn die belichteten Filme von dieser einmaligen Reise weg gewesen wären, das hätte mich hart getroffen.

Keine Lust mehr aufs Reisen

Das Drama spielt sich im Hubschrauber ab. Er rutscht und rutscht. Ich bekomme ihn nicht zu fassen. Er läuft Gefahr, zerquetscht zu werden – und ich bin schuld daran ...

Rückblende: Vor vielen, vielen Jahren begegnete ich ihm in Paris und mochte sofort sein griesgrämiges, aber auch leicht verschmitztes Lächeln. Er wollte sich nicht von seinen sechs Freunden trennen, so dass ich sie alle zu mir nach Hause einlud. Sie machten es sich in einer Spielkiste bequem, nur mein kleiner Freund war neugierig, wollte immer dabei sein. Wir trafen ein Abkommen: Er begleitet mich zum Zahnarzt, dafür darf er mit in Urlaub fahren. An Zahnarztsitzungen mangelte es nicht, an Reisen auch nicht, ich denke, wir hatten ein recht ausgeglichenes Arrangement, kamen beide auf unsere Kosten.

Da ich davon ausging, dass er vor seinen Kollegen angeben wollte, machte ich auf jeder Reise ein Beweisfoto. Für ein scharfes Bild von einem fünfeinhalb Zentimeter großen Kerlchen vor dem Eiffelturm oder der Golden Gate Bridge reichten meine Fotografierkünste nicht aus, ich wählte meist einen kleineren Rahmen: auf einem Sitz der Bregenzer Seebühne, am Strand von Binz, auf einem vermoosten Baumstumpf im Allgäu oder am Stamm einer Zypresse am Comer See.

Auf der Tour durch den Osten Kanadas bestand die Möglichkeit, mit dem Hubschrauber über die Niagarafälle zu fliegen. In dem Kassenhäuschen des Veranstalters gab es Probleme mit dem Kartenlesegerät, ich verfügte über ausreichend Bargeld und war nach wenigen Minuten wieder draußen. Ich wollte mich gerade ans Ende der langen Schlange der Wartenden begeben und zusehen, wie der Anflug, das Ent- und Beladen der Fluggäste und der Start vonstattengehen, da rannte ein Mitarbeiter des Flugbetreibers auf mich zu und schrie (wegen des Lärms eines abflugbereiten Hubschraubers): »Sind Sie allein?«

Auf mein Nicken griff er meinen Arm und zog mich zum Heli. Er schob mich durch die offene Hintertür auf den letzten noch freien Sitz, brüllte: »Anschnallen!« und warf die Tür zu. Schon hoben wir ab.

Das ging mir alles ein bisschen zu schnell. Ich war zwar schon einmal mit einem Hubschrauber geflogen, aber da hatten mich die Mitarbeiter *vor* dem Start fürsorglich angeschnallt. Wo befindet sich der Gurt? Immer wieder einen kurzen Blick durchs Fenster werfend, um zu sehen, was ich verpasse, schaue ich, wie der eifrig fotografierende Nachbar angeschnallt ist, wurstele die Gurtteile neben dem Sitz hervor und klinke die Schließe ein.

Mein Foto! Natürlich hatte ich vorgehabt, ihn *vor* dem Flug aus der Tasche zu nehmen und umzuhängen. Jetzt aber schnell! Ich öffne den Reißverschluss der zwischen meinen Füßen stehenden Tasche, zerre das Gehäuse heraus – und irgendwie hatte sich Griesgram im Riemen verheddert, fällt auf den Boden, rutscht in Richtung Pilot. Ich beuge mich hastig vor, kann ihn aber nicht erreichen, da mir der Gurt zu wenig Bewegungsfreiheit lässt. Wieder abschnallen? Während des Fluges?

Griesgram rutscht weiter. Schnell strecke ich mein Bein aus und erwische ihn gerade noch mit der Schuhspitze, die ich auf ihn presse. Aber in dieser Stellung kann ich unmöglich bis zur Landung ausharren.

Ich schiebe meinen Fuß mit dem eingeklemmten Zwerg darunter bis zur Halterung des Vordersitzes und ziehe ihn langsam zurück, drücke den armen Kerl dabei an das Metallgestänge, damit er nicht weiter abrutscht. Mit Hilfe der zweiten Schuhspitze gelingt es mir, ihn so weit heranzubefördern, dass ich ihn mit der Hand erreichen kann. Seine Knubbelnase ist schwarz, das Mützchen verschrammt. Ich bin wütend auf mich, auf den vorwitzigen Zwerg, pfeffere ihn in die Tasche und kann endlich die Niagarafälle von oben betrachten und fotografieren.

Mit viel Geduld und Spucke reinige ich abends Griesgrams Nase, die Schäden an seiner Kopfbedeckung sind nicht mehr zu beheben.

Seit dieser Reise hält sich der Zwerg in der heimischen Küche auf, beobachtet die Kochvorgänge und hört Radio. Seine Reisetätigkeit hat er gänzlich eingestellt. Aber ich denke, er ist glücklich.

Gerade sitzt er neben meinem Laptop und schmunzelt über die Fotos, die ich ihm zeige: Er und sein Freund Happy auf dem Tappeinerweg in Meran.

Und so, wie er lächelt, gar nicht griesgrämig, eher verschmitzt, könnte ich mir vorstellen, dass er gerade gedanklich eine Geschichte formuliert: Das Drama über ... nein, wohl eher: Mein Flug über die Niagarafälle.

Erklärung zu den Fotos:

Seite 34
Im Gerberviertel von Fès (Marokko)
Die Dünen von Merzouga (Marokko)

Seite 46
Passstraße im Hohen Atlas (Marokko)
Eine Auslage im Souk von Marrakesch. Sieht das nicht appetitlich aus? Morgens gestaltet der Händler mit (eventuell gewaschenen) Händen diese Kunstwerke, dreht und wendet jede einzelne Olive zwischen den Fingern, bis er ihre Schokoladenseite gefunden hat und sie aufschichtet.

Seite 55
Hochzeitsschmuck an einem Auto in San Francisco. Ich konnte mich persönlich davon überzeugen, dass der Bräutigam gleiche Augen hatte.
Birkart al-Mauz (Oman)
Wahiba Sands (Oman)

Seite 101
Alcatraz in der Bucht von San Francisco
Auf dem Schweizer Gipfel des Matterhorns. Leider ist Playboy vor Aufregung (oder Angst?) die Schutzbrille verrutscht.
Kletterübungen oberhalb der Hörnlihütte in etwa 3.300 Meter Höhe

Grizzly vs. Teddybär
Ein Kampf um die Gunst des Lesers

Christel K. Haas

In ihrem Erstlingswerk kombiniert Christel K. Haas ihre Leidenschaft, auf Reisen Land und Leutekennenzulernen, mit ihrer Liebe zu Bären, und zwar nicht nur die der Unterart Ursus arctos, sondern auch der Gattungen Plüsch und Mohair.

Der Markt bietet sehr gute Reiseführer und eine Vielfalt an Bildbänden über Alaska, womit die Autorin keinesfalls konkurrieren möchte. Es ist die Beschreibung einer organisierten Reise durch den größten Bundesstaat der USA – wie sie sie erlebt hat – und beinhaltet das beeindruckendste Abenteuer ihres Lebens: die Begegnung mit Grizzlybären.

Es gibt unzählige Bücher über die Historie, Erkennungsmerkmale, Pflege und Sammelleidenschaft von Teddybären. Auch daran kann und will sich die Autorin nicht messen. Das Buch möchte Sie mit Geschichten und Erlebnissen ihrer Teddys unterhalten.

Grizzly gegen Teddybär! Schwer- gegen Leichtgewicht! Seien Sie gespannt, welche Rasse den ungleichen Kampf gewinnen wird.

188 Seiten mit zahlreichen Schwarz-Weiß-Abbildungen
ISBN 978-3-8330-1015-6

Die Kuh macht mich berühmt
Brillante Geschichten

Christel K. Haas

Von Betriebsräten, Hunden, einarmigen Banditen, Boygroups, Aufzügen und Flugkapitänen über Lyrik, Mörder und Gruselkammern bis zur Erotik.

Ein Sammelsurium brillanter Geschichten.

112 Seiten mit zahlreichen Abbildungen
ISBN 978-3-8391-2106-1